L'ABANDON DES PRÉTENTIONS

Née en 1991, Blandine Rinkel écrit pour divers médias (*Le Matricule des anges, Citizen K, Gonzai*…) et participe au collectif Catastrophe (*La nuit est encore jeune*, éd. Pauvert, 2017). *L'Abandon des prétentions* est son premier roman.

BLANDINE RINKEL

L'Abandon des prétentions

ROMAN

FAYARD

ISBN : 978-2-253-07136-5 – 1re publication LGF

« Une des choses les plus difficiles à dire à quelqu'un d'autre est celle-ci : j'espère que vous m'aimerez. C'est pourtant ce que nous voulons tous dire les uns aux autres, à nos enfants, à nos parents, nos compagnons et même, et surtout, aux inconnus. »

Russell BANKS

« Sans doute n'aimons-nous que les énigmes. »

Annie LE BRUN

Aux pierres.

0

Sans doute n'aimons-nous jamais que les énigmes ; Jeanine en devint une pour moi au sortir de l'enfance quand elle cessa, à l'image du jouet et de l'oreiller, d'appartenir à ce réseau d'évidences amniotiques qu'est la famille jusqu'à nos dix ou douze ans pour devenir – cela prit plusieurs années – un corps distinguable et opposable au mien : non plus l'intime et l'ineffable « maman », mais bien la dicible « ma mère », personnage que je pouvais observer depuis une place de spectatrice détachée, ne la voyant plus strictement enseigner-et-protéger-et-vaincre mais bien aussi hésiter-et-douter-et-désirer, la percevant faillible, fragile et, comme tout humain, si imprenable dans ses failles et sa fragilité qu'elle en devenait un mystère – non plus une mère mais un secret de famille, de ceux qu'on brûle d'écrire pour mieux comprendre qu'on ne les saura jamais tout à fait.

Ce que je sais surtout d'elle, ce sont des récits, obtenus par les messages qu'elle me laisse hebdomadairement, petits monologues d'une à trois minutes déposés à distance sur mon répondeur, improvisations orales, rigolardes et vivantes, rattrapant mon incapacité à l'écouter assez longtemps pour la saisir – son verbiage aussi enthousiaste que répétitif me lassant vite.

La plupart du temps, elle est : en chemin, en courses, en action, ponctuant ses récits de *pardon pour le souffle je trottine*, *attention ma chérie ça va couper*, *désolée pour le bruit il y a des travaux,* ou bien encore elle est : dans sa grande maison vide, piétinant ses deux cents mètres carrés dépliés sur trois niveaux et dépeuplés depuis que mon père et moi, presque simultanément, les avons quittés. Entre ses étages, téléphone intelligent contre l'oreille ou non, Jeanine s'affaire : depuis sa fin de vie à l'Éducation nationale, elle s'adonne chaque jour à d'incessantes navettes aux prétextes variés – aller chercher le linge dans la buanderie ou remonter une lampe du garage au grenier, une bouteille d'eau riche en magnésium de la cuisine au salon et du salon à la salle de bain puis courir (mais pourquoi ?) vérifier l'état du chauffe-eau –, de constants allers-retours lui permettant de demeurer heureuse dans l'action, si minime soit-elle, plutôt que triste dans cette passivité qu'elle voit ici et là autour d'elle chez les femmes d'âge mûr qui, cessant leur vie professionnelle, cessent du même coup toute existence active et, comme Jeanine le dit et le répète avec un trouble dans la voix, finissent par *s'avachir devant la lucarne jusqu'à la mort* – lucarne ne désignant évidemment pas la fenêtre de leur Citroën ou de leur maison mais bien celle des médias, la télévision.

La sienne, elle ne la fixe qu'une heure ou deux le soir, s'y consacrant au moment où les autres, ceux qui possèdent une famille, un couple, des amis de passage, préfèrent la couper pour se consacrer à leurs vivants. Jeanine contemple les autres sur un écran quand elle ne peut plus le faire dans les rues, qu'ils ont abandonnées, emportant à l'intérieur leurs peines et leurs joies, ces récits minuscules de l'âme dont ma mère raffole tant qu'ils sont devenus, peut-être, sa vraie raison d'agir, la mystérieuse motivation qui préordonne toutes ses errances dans les coins de la Loire-Atlantique.

Car dans la journée elle marche, Jeanine ; depuis sa mise en retraite, elle a parcouru des milliers de kilomètres sur l'asphalte, tournant sur elle-même et cernant par cent fois son carré résidentiel retiré – ce *petit patelin* –, se livrant à des circonvolutions sans fin, labyrinthes dans un dé à coudre comme si Marco Polo avait restreint son terrain d'exploration à la Loire-Atlantique, et qu'avec autant de déambulations, au lieu d'une mélopée exotique, il n'avait offert à ses proches qu'un rabâchage du coin, une rengaine locale. Est-ce seulement exact ? La répétition d'un même parcours mène-t-elle invariablement au même récit ? N'y a-t-il pas, sur les petites routes de Jeanine, chaque jour des rencontres, réflexions et visions qui viennent infléchir ses promenades ? Oui, la retraitée marche quotidiennement et invariablement, sur les trottoirs et les cales des bateaux, dans les parcs et les supermarchés, oui, elle tourne, mais tournant elle avance, et sa destination somme toute importe peu puisque ne comptent que les voix du monde qu'elle attrape au passage, hasardeuses polyphonies que seuls les pas perdus permettent de capter.

Mais désormais à nous d'écouter les voix siennes, narrations intimes et récits qu'à la demande elle déverse en public, à nous d'inverser les données du réel et de regarder à travers la lucarne organique qu'est son propre regard pour enfin aller à sa rencontre.

1

Dans sa cuisine, Jeanine a ce soir organisé une « soirée crêpes » pour me présenter à son nouvel ami Moussa, un demandeur d'asile syrien ingénieur et sexagénaire, s'opposant au régime de son pays depuis des décennies et qui, ayant encaissé dix ans de prison à Damas, Palmyre puis Saydnaya, a dû quitter femme et enfants il y a un an, après qu'une bombe a explosé dans sa voiture qu'il avait incidemment abandonnée pour une heure. Tandis qu'il me raconte avec la désinvolture du désespoir comment, en prison, il voyait ses gamelles de repas être nettoyées avec les mêmes balais employés pour frotter les sols, Jeanine badigeonne la poêle de beurre allégé puis fait sauter une crêpe. Quand une question pour l'ingénieur lui vient, elle crie afin de couvrir le bruit de la gazinière : les aliments sans goût avec lesquels on les nourrissait engendraient-ils, au moins, des besoins sans odeurs ? Et l'ami Aziz dont il parle, opposant à ses côtés et décédé à Deraa en 2011, avait-il une épouse ? Des enfants ? Lorsque les réponses de l'homme dépassent notre faculté d'encaissement du réel, Jeanine nous ressert en cidre. C'est par exemple double ration quand il raconte comment sa mère de 86 ans, qui habite toujours à Homs, fait ses courses cernée de bombes, réelles comme imaginaires. Ici, il ose même un mot d'esprit entre l'achat de salade roquette et les lance-roquettes – esprit que l'on devine prémédité de longue date : son apprentissage du français, récent et encore imparfait, ne semble pouvoir offrir de telles subtilités. La roquette double sens fait rire ma mère, nerveusement, puis la voilà qui s'interrompt abruptement, comme si quelqu'un avait appuyé sur l'interrupteur à expressions, pour lui poser cette question que nous avons, depuis le début du repas, déjà entendue dix fois : « Mais, quand on a vu tout ça, comment fait-on pour ne pas devenir fou ? » Et pour pour la onzième fois, l'ingénieur de sourire et de rétorquer que « pas fou, pas fou, qu'est-ce que vous en savez, après tout je suis demandeur d'asile, non ? ». Pour rester dans le registre de la psychose, il nous détaille bientôt l'inventaire des tortures opérées « pour le plaisir » sur les toits des prisons syriennes, comme celle où des prisonniers attachés la tête en bas à des échelles demeurent dans le vide, pieds en l'air sang au visage, des heures et des heures durant, jusqu'à ce qu'ils *perdent la tête*, ou bien encore celle consistant, pendant les interrogatoires, à appliquer des pinces à même les tétons des prisonniers de manière à pouvoir, en cas de collaboration difficile, les électrocuter subtilement. Et à tout cela, ma mère répond en proposant d'autres crêpes, encore un peu de cidre ?, je suis sûre que vous en voulez davantage, de la salade de fruits.

Ce n'est pas la première fois qu'elle agit ainsi, dans la cuisine de mon enfance, cette cuisine aux ustensiles fuchsia et aux placards tapissés d'une peinture cuisse de nymphe, ce n'est pas la première fois que, dans cette pièce rose, avec l'enthousiasme d'un enfant organisant sa première tombola, elle accueille des immigrées espagnoles rencontrées au Super U, un travailleur de chantier recherché pour violence conjugale et qui a *des yeux, mais des yeux…!*, une Russe dont la boulimie chronophage l'empêche d'apprendre le français et des dizaines de petits garçons de 70 ans qui noient leur racisme dans l'alcool. Sitôt à la retraite, Jeanine avait appris l'arabe (« la langue du moment ! ») pour multiplier les rencontres de cette espèce, se sentir concernée par les conflits internationaux et, je crois, charmer les vendeurs des structures de vente Emmaüs qui, en dépit de « leur vision abjecte de la femme », la font drôlement rire quand elle les visite certains mercredis, avant sa séance de gymnastique. En réalité, une bonne partie des mondes transite par la cuisine rose de Jeanine, mondes qu'elle écoute discourir dans toutes les langues, à qui elle propose des crêpes et des jeux de mots de mauvaise qualité – connaissez-vous l'abbé Tise ? – pour les laisser ensuite repartir à pied quand elle ne les reconduit pas jusqu'au tram, dans sa voiture où les Beach Boys, à la radio, relativisent la misère des humains à coups d'accords majeurs.

Et justement, la voilà qui rentre, ayant déposé son ami syrien ; me voyant penchée sur une feuille – est-ce que je souhaite une tisane ? – elle interroge mon activité. « J'écris quelque chose, je dis, l'expression "demandeur d'asile" est porteuse, non ? » Et d'un ton ambigu, de me répondre que « D'accord mais attention à ce que tu écris, il ne faudrait pas que Moussa se fasse tuer à cause de toi » – puis elle achève de sucer sa cuillère, encore nappée de confiture à l'aspartame.

2

Elle a les trois quarts de la vie. Au physique, elle est de taille faible, on la dit petite. Elle a des cheveux noirs coupés très court afin d'éviter que sa transpiration ne les trempe, par pragmatisme aussi, cela requérant moins d'entretien. Je me souviens de querelles entre elle et son mari, traitant de la longueur de cheveux minimale qu'exige le sex-appeal féminin. Depuis qu'il n'habite plus avec elle et qu'elle n'a donc plus à se poser ce type de questions, elle coupe. Outre le cheveu petit, les traits caractéristiques de sa physionomie sont : un buste arrondi, alliance de plusieurs formes rondes (les seins comme deux oranges niant le passage du temps, le ventre d'une femme gourmande), monté sur de toutes petites jambes fines, telle une pomme d'amour le serait sur sa baguette en bois ; des extrémités (mains et pieds) épaisses et cornées, quelques cloques aux gros orteils, survivance paysanne, comme si au bout d'elle-même demeurait la mémoire de la rugosité du Finistère ; une longue bouche rose disposée au sourire qui contraste avec des sourcils sévères et, entre eux, un renforcement de la chair comme pour attester de la force, presque musculaire, du regard. Ses yeux sont bleus. D'une couleur de prestige, ils confèrent à son visage de brune une densité particulière, et ce pourrait être une pure beauté si le fond de ces mêmes yeux n'était pas coloré d'un jaune pâle retirant à l'azur une partie de sa noblesse. Elle a souvent déploré cette cornée trouble, consciente qu'elle venait polluer l'atout majeur de son physique, ce regard d'océan sévère. Son nez, paraît-il, serait épais et long, détail qui l'a toujours complexée. Pour ma part je l'apprécie : il lui donne une allure de jument de race. La pilosité a depuis des années disparu de ses jambes sèches. J'ai toujours envié ses minces cuisses de grenouille. Elle s'en plaint plutôt, avançant qu'elles *l'obligent à faire trois pas quand un individu normalement constitué n'en fait qu'un*. Quand elle dort, tout son physique se relâche sauf ses sourcils, qui froncent mystérieusement. Comme s'il s'agissait d'un indice des remontrances imaginaires peuplant ses songes, qui dans la vie n'existent pas. Quand elle rit, éveillée, c'est en revanche tout son corps qui s'anime et frétille et se tord et elle finit souvent courbée en deux, les mains sur le sexe, les yeux enlarmés et les oreilles prune. C'est ainsi que je la préfère.

3

Elle rit ainsi bien des fois, ma petite mère, face à son écran d'ordinateur, cette fenêtre artificielle donnant sur un paysage qui n'existe pas, cette machine d'artillerie communicationnelle qu'elle n'a découverte que tardivement, forcée par son époux à s'habituer à l'usage des touches pour ne pas finir vieille fille de la technologie. Oui, elle rit bien des fois, dans le bureau mauve jouxtant sa chambre pervenche, ouvrant telle chaîne écarlate parodiant tel membre de la grande famille politique que tel autre membre de sa petite famille à elle lui fait passer afin que tous partagent et renforcent leurs convictions d'être victimes d'un complot universel. Elle rit bien des fois devant les montages du réel, un François Hollande à qui à l'Élysée on fait manger du flan, une plage recouverte de méduses en burkini ou encore l'image d'un abbé dont on a, bravo Photoshop, gonflé la soutane d'enfants. Jeanine rit devant son *Power Computer*, certes, mais elle ne fait pas que cela ; elle s'attendrit aussi, pour un courriel de trois lignes reçu de son ancien époux, une chanson de Céline Dion qu'un vieil ami a la gentillesse, pour son anniversaire, de lui communiquer ou pour un message déposé sur le mur de son profil social ; elle s'émeut, comme elle le faisait en découvrant jadis des lettres manuscrites dans sa boîte postale, chaque fois qu'on pense à elle, qu'on lui écrit, elle apprécie de n'être pas tout à fait seule, maintenant qu'elle l'est davantage, elle apprécie de sentir des sentiments qui à son endroit s'agitent et jouit de recevoir des messages de Moussa, de son frère, de sa fille, et même, et souvent, d'individus furtivement croisés. Elle s'émeut d'un rien, c'est-à-dire de tout, et ne se méfie jamais, Jeanine – pas même d'individus comme HH.

HH ? Ce sont les initiales du leader d'un groupe, comme elle le dit, « affilié à Daech », mais HH, ce sont avant tout celles du nouveau nom Facebook du jeune homme *si gentil* qu'elle a rencontré dans une boutique Emmaüs il y a deux ans, qu'elle avait conséquemment invité à prendre quelques cafés pâles dans sa cuisine – « De quoi nous parlions ? Oh, de rien, comme d'habitude » – et qui lui a récemment adressé, sur son profil bleu et en réponse tardive à un « Prends bien soin de toi », le message suivant :

Jeannnine, How are you, You are French you dirty race of Europe and the world, That you are a criminal people of war[1].

L'invective terroriste aurait-elle effrayé Jeanine ? Pensez-vous : ceux-là en ont certes dur contre la France mais jamais n'en auraient contre elle. Près des ustensiles de couleur tendre, n'avait-elle pas d'ailleurs senti

1. « Jeannnine, comment vas-tu ? Tu es française, sale race d'Europe et du monde, Tu es un peuple criminel de la guerre. »

la belle âme de ce jeune homme, dont le seul défaut flagrant consistait à posséder un œil qui disait merde à l'autre ? Et si elle a tout de même prévenu la police de Rezé de ces menaces virtuelles, par principe de précaution, elle a surtout retourné à HH un message qui demandait simplement, dans un mélange de français hystérique et d'arabe rudimentaire, « ça va ??? que puis-je faire pour t'aider ?? EN TOUTE SIMPLICITÉ AS SALAM ».

Elle se souvient des explications de l'homme, quelques mois plus tôt, qui lui disait avoir quitté la Tunisie pour la France afin de réussir sa vie et n'avait depuis navigué que de dépit en dépit, l'humiliation qu'il endurait à Emmaüs à cause de son physique et de son français lacunaire, en raison de sa religion aussi, à laquelle on ne s'intéressait que dans d'alarmants médias, cet avilissement, donc, atteignait les cimes de sa déception et lui donnait envie, à l'époque déjà, de repartir auprès des siens. Il souhaitait, disait-il, retrouver son Orient et sa dignité. L'enrôlement dans le camp des donneurs de mort fut-il un moyen de recouvrer un peu de cet honneur perdu ?

Au communiqué de ma mère, l'homme n'a pas répondu, ni redoublé de violence non plus. Juste disparu. « Sûrement en Syrie, s'attriste-t-elle un soir sur mon répondeur – c'est une allégeance dans laquelle il a dû se laisser entraîner, pourtant vraiment, c'était un gentil garçon. » C'est que Jeanine possède cette sorte de pouvoir magique vous permettant, en dépit d'un réel ou d'un virtuel décevant, de régénérer votre innocence à l'infini. Certains appellent cela la naïveté mais peut-on ainsi réduire le phénomène ? Les sarcasmes, même quand ils lui sont frontalement adressés, la font rire sans jamais la blesser, comme si elle savait le potentiel comique de son éternelle gentillesse, si bien que sa capacité à accorder sa confiance à n'importe quelle « bonne âme » croisée dans la rue, et à l'accorder avec une foi pure en l'humain, demeurée intacte en dépit de toutes les déconvenues rencontrées dans sa vie – et Dieu sait que sa cuisine fut le théâtre d'épisodes décourageants – cette capacité-là a quelque chose de bouleversant. Je ne sais pas si, lors de l'affaire des menaces, le policier a détecté ce pouvoir dans quelque lueur pupillaire de ma mère, mais je sais qu'il lui a sèchement conseillé de ne pas prolonger sa relation, fût-elle seulement électronique, avec ce bandit de grand chemin d'HH. Jeanine ne lui a pas proposé la moindre crêpe.

4

Elle habite une commune neutre, en bordure de Nantes, une commune où le ciel a souvent la même teinte que le goudron. C'est un petit monde dont la discrétion est semblable à celui de son enfance fermière, son enfance du Finistère, un petit monde que le grand ignore et qui s'organise, hors du temps, autour des ronds-points sans charme et des tramways automatisés. La nuit tombée, on entend là le roulis programmé des affiches publicitaires, là le ronflement des animaux domestiques et ici, le cri d'un nouveau-né, espoir de la municipalité. Elle habite cette ville neutre, donnée expliquant son appréhension du réel, précision éclairant la position discrète qu'elle-même s'octroie dans la société. Elle habite un Rezé calme et ignoré par la mythologique géographique de la France : une ville dont on ne tire ni fierté ni rancœur, un terrain ambigu, un espace équivoque où les vies ne semblent jamais pouvoir être tout à fait ratées, ni tout à fait réussies.

« Qu'est-ce qu'une vie réussie ? », la question a été recopiée sur un post-it rose comme tant d'autres phrases qu'elle attrape au vol et qu'elle applique ensuite sur son bureau, sur ses placards, en l'occurrence sur son frigidaire, afin de mieux les apercevoir chaque jour, au moment de se servir en crayons, en confiture, en lait. « Qu'est-ce qu'une vie réussie ? », on ne sait pas pourquoi cette phrase-là plutôt qu'une autre, centrale, sur la porte du frigo. Ou plutôt ne le sait-on que trop bien, que c'est la question qui sous-tend chacune des rencontres, des curiosités, des errances de Jeanine : les autres réussissent-ils mieux leur vie que moi ? Où ont-ils trouvé le mode d'emploi ? « Qu'est-ce qu'une vie réussie ? », et un jour où les cernes verts de la fatigue bordaient ses yeux, Jeanine, par l'un de ces mouvements impossibles dont on ne mesure que les dégâts, avait fait sauter le lait d'une future pâte à crêpe sur la question métaphysique, si bien que le carré de papier rose repose désormais gondolé contre la surface lisse, et qu'il faudra sûrement bientôt jeter l'interrogation à la poubelle – comme tant d'autres.

5

D'aucuns déplorent la mixité sociale d'une France, qui, désormais, n'appartiendrait plus aux seuls Français ; nous voyons les voisins de mon impasse d'enfance regretter le métissage des quartiers, les anglicismes de comptoir et que l'on puisse, au sein d'une même brasserie, entendre parler en arabe, en anglais et même en ukrainien. La macédoine des nations les mine ; Jeanine, au contraire, s'en sustente et s'en réjouit. Sédentaire, depuis qu'elle a quitté son occupation d'enseignante de langues – profession désirée jeune en ce qu'elle constituait, aux yeux de l'enfant d'une ferme bretonne qu'elle était (« nous mangions toujours les même pommes de terre à la même table, peux-tu te rendre compte ? »), le parfait prétexte aux excursions tout autour du globe – Jeanine n'aime aujourd'hui rien tant que voyager sur place. À cette fin, certains jouissent des expériences artistiques, et Baudelaire au travers des mots nous fait visiter « la maladie fiévreuse des froides misères » tandis qu'Hong Sang-soo nous enjoint d'arpenter la Corée, et que l'écoute de Björk constitue un billet d'avion pour une Islande sans âge. Jeanine, pour sa part, cultive les rencontres difficiles ; elle traque les hybridations culturelles en rêvant de Norvégiennes voilées, de catholiques en boubou, de musulmanes en culottes courtes – en poursuivant les mélanges de langues aussi, surtout, persuadée que comme les meilleurs plats naissent de l'alliance d'ingrédients contradictoires, les meilleures pensées n'émanent jamais que de l'accointance de lexiques divers. L'attirance de Jeanine pour la collision des classes, nationalités et âges s'expliquant sans doute par sa propre origine sociale ; ayant grandi dans les années 1950 au sein d'une famille paysanne pauvre – « nous étions de la basse, comme dans les films », dit-elle souvent, si bien qu'on imagine les bonnets noués sous le menton, ces coiffes capitoles du second Empire dont raffolent les musées et les images d'Épinal de la Bretagne, bonnets que ni elle ni sa mère, toutefois, ne portaient alors, puisqu'ils ne s'accordaient pas avec les nouvelles blouses, chemises et jupes en textiles artificiels dont même les plus pauvres commençaient, du moins en 1960, à faire l'acquisition – Jeanine ne pouvait faire autrement, pour découvrir le monde, que d'aborder des individus étrangers au sien. La maîtrise du français la sauva de l'étroit milieu breton, puis l'anglais fut un prétexte pour quitter la France. Vinrent ensuite les apprentissages de l'italien, de l'espagnol, du portugais, et bientôt de l'arabe, de quelques rudiments de russe. Si on lui donnait cent ans de plus à vivre, tous les dialectes du globe y passeraient. Or nulle autre raison, derrière ces explorations linguistiques, que la volonté de rencontrer des êtres toujours plus différents, toujours plus lointains, nulle autre envie que celle de se confronter à l'hétéroclite en vue d'élargir le spectre des possibles existentiels. De toutes les activités du monde, la préférée de Jeanine consiste à fantasmer la vie des autres.

6

Fantasmant la vie des autres ou la sienne en propre, il arrive que nous nous coincions dans des souvenirs ; non seulement l'esprit se souvient, mais le corps à son tour traverse les temps, et notre environnement se trouve alors coloré de sépia. L'expérience a ses délices – otage du souvenir d'une étreinte amoureuse, une érection viendra visiter la solitude nocturne du corps –, mais l'expérience peut aussi se révéler cruelle – elle le fut pour Alvirah qui, dans la cuisine maternelle, replongea dans sa nuit de mariage forcé.

C'est au rayon surgelé d'Intermarché que Jeanine avait rencontré cette femme de 85 ans qui lui avait demandé en répétant sa question par deux fois, comme s'il s'agissait d'une énigme à résoudre, s'il y avait « du jambon dans la pizza… du jambon dans la pizza… ». Non, avait assuré Jeanine, la Margherita était dénuée de toute trace de porc. Avec un soupir de soulagement et le regard neutre des gens fiers qui n'aiment pas se montrer vulnérables, Alvirah avait alors pu fourrer la Buitoni dans son caddie, avant de tourner le dos à ma mère. Vous ne savez pas lire ? avait pourtant doucement relancé celle-ci, « en arabe dans le texte », comme elle me le rapporta. Et la vieille femme, surprise, de confesser ses lacunes. Le bavardage des premières rencontres s'en était suivi. Alvirah était originaire d'Algérie, « du centre exact d'al-Djazāir », précisait-elle dans un français saccadé. C'est qu'en France depuis vingt ans elle n'avait pas eu l'occasion, dans la bourgade de Rezé, de rencontrer des Français disposés à lui enseigner l'alphabet latin – il faut dire que sa motivation ne crevait pas le plafond, « à mon âge… ». Naturellement, Jeanine lui avait alors offert son amitié : « Je peux vous aider, si vous corrigez mon arabe. On pratiquerait tout cela autour d'une pizza. »

Il fut toutefois difficile de drainer Alvirah dans la cuisine rose : la confession religieuse de la vieille femme lui interdisait de franchir le seuil des maisons à chiens et ma mère, pour accueillir sa nouvelle amie, devait donc se débarrasser de son bichon Ouchka, alors anorexique et sur le point de rendre l'âme. « Puis-je vous confier mon chien le temps d'une pizza ? », avait-elle demandé à sa voisine immédiate, avec qui elle se sentait complice pour lui être homonyme. Et en échange d'une tomate du jardin, Jeanine 2 avait accueilli le chien mourant de Jeanine 1.

Il est vertigineux de constater qu'une vie, lorsqu'elle touche à son terme, peut se résumer à trois ou quatre événements majeurs : Alvirah confia les siens à Jeanine, l'enfance difficile en terre voilée, la nouvelle enfance plus heureuse avec la naissance des petits (« vous savez ce que c'est ») et puis, cela vint à la fin, son mariage forcé à 17 ans, avec un homme qui en avait alors 36 et ne lui plaisait *pas du tout du tout*. Elles avaient ainsi papoté jusqu'à ce que retentisse l'appel de Dohr de 14 heures : « Est-ce que vous pouvez aller faire un tour, le temps que je fasse ma prière ? » et leur rencontre du jour ayant ici pris terme, Jeanine avait pu aller récupérer son chien malade. Le bichon boudait.

L'entente franco-algérienne étant bonne, il y eut quelques jours plus tard un deuxième rendez-vous – toujours sans chien, mais cette fois accompagné de pêches Melba et d'un restant de gabelou, dont ma mère avait osé se servir un verre. Ce *petit coup de fouet* l'aiderait à poser à Alvirah la question qui la taraudait : Alvirah lui avait parlé de son mariage forcé, mais avait-elle dû, à cette occasion, accrocher un drap sanglant au balcon ? Alvirah avait alors acquiescé par trois fois, presque gaiement, et comme si elle avait reçu, pour cet élan, une remontrance imaginaire, ses traits s'étaient soudain crispés : après les *youyous* du festin, il avait fallu aller dans la chambre évidemment, seulement voilà, Alvirah n'avait jamais vu de sexe d'homme, ou comme elle le disait, « jamais été présentée à ce bâton-là », alors quand son mari s'était approché d'elle, pareille à un bébé qu'un chien lèche abondamment pour la première fois, elle avait hurlé de peur et, pensant souffrir, avait cogné contre le mur.

« Vous êtes sûre de ne pas vouloir un peu de vin ? »

Jeanine prétendait vouloir mettre Alvirah à l'aise quand c'était elle-même qui se trouvait mal ; la dame épaisse ignora sa proposition. Désormais plongée dans son passé, elle se recroquevillait sur elle-même, fœtus obèse rentrant son cou dans ses épaules et plaquant ses mains sur ses oreilles jusqu'à n'être plus qu'un gros tas sans visage – elle poursuivit son récit.

Elle avait cogné contre le mur de toutes ses forces, avec ses hanches et avec ses poings, et comme personne ne venait, elle s'était levée, avait esquivé les bras de son époux et avait couru à travers la chambre pour lui échapper tout en continuant de hurler. De hurler ? Racontant cela, Alvirah baissait le ton, si bien que ma mère dut s'approcher pour percevoir la suite.

« Je me souviens comme je criais, gémissait Alvirah, comme je criais... »

On ne l'entendait presque plus tandis qu'elle racontait comment sa propre mère avait fini par entrer dans sa chambre, lui saisissant les poignets et lui ordonnant de se laisser faire maintenant, et comme Alvirah s'agitait toujours, décidant d'employer les grands remèdes – la giflant pour la faire taire.

Jeanine posa son verre sur la table et le vieux visage d'Alvirah sortit alors doucement de ses genoux. Finalement elle n'avait pas taché le drap : son hystérie avait fait retomber le sexe de son époux ; « le sang de l'amour », ils ne l'avaient pas vu cette nuit-là. Maladroite dans son empathie, ne sachant plus ce qu'elle faisait, Jeanine demanda alors à son invitée si le mariage, au moins, avait valu la peine. La vieille femme, sans sourire, se resservit en pêches Melba, commença à mâcher puis ouvrit une bouche encore pleine de crème pour répondre : le mariage avait pris fin dix ans plus tard, quand Khaled avait débarqué avec une nouvelle femme de 17 ans qu'il lui avait présentée d'un « tiens, voilà ma deuxième ». Sur quoi Jeanine tenta un trait d'humour : « Moi aussi je vous présente ma deuxième », poussant de la main une seconde coupe de pêche Melba. Mais l'Algérienne n'avait plus le cœur au gag et ne décocha pas le sourire escompté. Un long quart d'heure fut nécessaire pour que se dissipe l'atmosphère fétide de l'épisode et pour que ma mère et sa comparse algérienne retrouvent un semblant de connivence. C'est la culture des tomates de jardin qui les rabibocha, quittant ces affaires de *zawaj*, elles bavardèrent engrais et tomates banana legs jusqu'à ce que Jeanine choque Alvirah en lui confiant que certaines n'entraient plus dans sa cuisine depuis que son mari avait quitté la maison. C'est notamment lui qui maîtrisait la confection des farcies au fromage, recette qu'elle n'avait, depuis, jamais réitérée.

« Parce que votre mari cuisinait ? » s'étonna Alvirah, un relent de mépris dans la voix. C'est que, pour la vieille Algérienne, un homme familier des ustensiles ménagers ne pouvait qu'être un homme faible ; Jeanine n'aurait pas dû s'enticher d'un aficionado des casseroles et du Paic citron. Si elle avait été sa fille, jamais une chose pareille ne serait arrivée. Sa propre petite-fille n'avait-elle d'ailleurs pas épousé un Algérien « viril et pratiquant », quelques semaines plus tôt ?

« C'est dommage que vous laissiez votre petite-fille subir vos pires souvenirs, non ? » hasarda alors ma mère à une Alvirah qui ne lui offrit aucun regard en retour.

« La vie c'est parfois des choses dommages, Jeanine. Mais la vie c'est comme ça. »

Elle ne tarda pas.

7

Le noircissement d'argent, moins connu du grand public que son petit frère, le blanchiment, est cette méthode consistant à dissimuler la destination d'importants fonds en les faisant disparaître de l'économie réelle pour financer des opérations illicites ; c'est l'affaire Elf par sursaturations, paradis bancaires, prétendues commissions mais c'est aussi, du moins selon les railleries que Jeanine profère sur un ton d'adolescente satisfaite de sa trouvaille, certaines collectes humanitaires dont l'argent n'arrive pas où l'on voudrait qu'il aille, sustentant les bouches grasses avant d'abreuver les maigres.

« J'ai, quant à moi, beaucoup pratiqué le rosissement d'argent », affirme-t-elle, non sans conscience du ridicule de la formule, puisqu'elle l'accompagne volontiers d'un rire. Le « rosissement d'argent », donc, a longtemps consisté pour ma mère à faire disparaître ses propres fonds pour financer les causes les plus bizarres, lors des voyages qu'elle entreprenait autour du globe, pour les rencontres. En Afrique, plusieurs centaines d'euros s'évaporèrent dans la subvention d'automates bricolés avec des matériaux de récupération : des canettes de Coca changées en BMW miniatures, des Cacolac devenus Airbus, des Schweppes faits hippopotames ; en Europe de l'Est, l'équivalent de mille francs partirent également dans les rues, récompenses aux écriteaux des sans domiciles fixes les plus malicieux – Jeanine aimant à gratifier l'humour, selon cet ancien adage du Téléthon longtemps resté apposé sur des post-it du frigidaire : « Un geste pour un sourire. »

Mon père et moi ne manquions pas, à l'époque où nous vivions ensemble, de tourner en dérision cet argent rose maternel. Notre tandem, aimablement cynique, était persuadé que l'empathie de Jeanine à l'égard des marginaux les plus créatifs du globe l'amènerait un jour à traverser des situations critiques, à devenir cible d'exploitation ou, pour le dire de manière moins diplomatique, de gros foutage de gueule. Jeanine n'irait-elle pas, ironisait notamment mon père, jusqu'à « rosir » des milliers d'euros pour récompenser un sans-abri apte à imiter Chirac ou à chanter comme Claude François ? Elle niait, nous gloussions. Aujourd'hui je reste convaincue que nous faisions bien de rire, tout en sachant que Jeanine avait raison de pratiquer le rose. Un fait intéressant : la transformation fuchsia de la cuisine de ma mère se synchronise avec l'âge où elle a cessé de voyager à travers le monde, c'est-à-dire à l'âge où ses occasions de rosissement d'argent ont drastiquement diminué. Il fallait trouver d'autres formes de dons. Peindre sa cuisine en rose fut donc symboliquement, pour Jeanine, l'occasion d'inaugurer un lieu d'écoute sociale – une salle des confidences.

8

Si elle n'avait pas été écœurée par les confidences sexuelles d'un certain « Sami Conducteur » sur Airbnb, Jeanine aurait-elle loué l'étage de sa maison à deux ex-détenus récidivistes ?

Dans le registre des soupirs, nous privilégions souvent les expériences familières, si douloureuses soient-elles, aux aventures inconnues : une épreuve nous attire pour peu qu'on l'ait déjà traversée. Hypothèse pouvant expliquer que Jeanine, familière des corps en détresse mais peu des pervers de pixels, fut traumatisée par la virtualité de Sami Conducteur qui lui réclamait son numéro de carte bancaire pour le « petit loyer d'une petite passe express », tandis qu'elle accorda, dès le premier coup d'œil, toute sa confiance au chaleureux « Petit Nicolas » sans domicile fixe, ex-détenu en réinsertion, alcoolique et « très mélancolique ».

Rencontré en Vendée via une annonce Le Bon Coin quelques jours après la déception face à Sami Conducteur, Nicolas charma immédiatement cette ancienne professeur d'anglais qu'est ma mère : avec sa mine d'étudiant à la malice triste, son regard de trentenaire plongé dans une éternelle école buissonnière, il lui rappelait ses années d'enseignement en SEGPA.

Rendez-vous fut donc pris le lendemain du premier message, et autour d'une bolée de cidre brut partagée dans l'antre des bavardages, Jeanine exposa donc à Nicolas les termes vaseux d'un bail de location bricolé. Avec un acolyte qui ne pouvait être présent ce soir-là, Nicolas investirait l'étage du haut le lendemain. « Inch'allah, avait affirmé Jeanine, hâte de rencontrer ton ami » – et avec le stylo-plume Inoxcrom à tête de vache en embout que Jeanine, jadis, utilisait confidentiellement (on ne brandit pas de tels objets en public) pour annoter les copies de ses élèves, ils avaient signé les papiers.

L'étage en question, un T2, est celui où j'ai passé toute mon adolescence, une chambre d'une trentaine de mètres carrés accolée à une pièce très lumineuse, ancienne bibliothèque que Jeanine, après mon départ, a transformée en une cuisine à même d'accueillir de jeunes adeptes d'Erasmus. En guise d'étudiants, débarquèrent donc le lendemain le Petit Nicolas et son ami, Kareski. Venu d'Europe de l'Est, ce grand blond aux « yeux électriques » et aux « traits de repris de justice » fit sur ma mère forte impression ; il y avait, d'une part, de l'attraction pour « ce regard gênant et cette cicatrice de joue » et, de l'autre, un soupçon de méfiance : « Il avait vraiment une gueule… je comprends que Nicolas n'ait pas voulu me le présenter avant de signer. » Chez Jeanine, la douceur l'emportant néanmoins toujours sur la méfiance, elle reçut le soir même ses deux nouveaux locataires à table, avec le reste du cidre et une boîte de biscuits dégotée chez Lidl en promotion – un assortiment, dans un carton rectangulaire sans charme, de dix sortes de biscuits chocolatés : les classiques succédanés de langues-de-chat, Petits écoliers ou galets à la noix de coco, évidemment, mais aussi quelques audaces : un cube chocolaté orné du nom de la marque en lettres d'or faussement manuscrites, une fine tige blanche zébrée de chocolat noir ou un cœur d'ivoire, fourré à ce qu'on espère être de la nougatine – des biscuits pour tous les goûts, donc, tant esthétiques que culinaires, des biscuits qu'on peut brandir sans risquer de déplaire. Eux ajoutèrent à la fête une bouteille verte fluorescente, litre de Get 27 que ma mère accepta de goûter du bout des lèvres avant qu'ils n'épuisent d'eux-même le contenu du contenant à même son goulot – et il n'était même pas 23 heures, « je le sais parce que c'est l'heure où commence "On n'est pas couché" ».

La cohabitation des premiers jours conféra à Jeanine un sentiment de lumière ; c'était une expérience pour lui plaire : « la vie en commun de deux adolescents de 30 ans et d'une mère adoptive ». Quand ils revenaient le soir d'une journée de travail dans le bâtiment elle-savait-pas-quoi, les garçons apostrophaient d'ailleurs Jeanine d'un tendre et railleur « Eh, maman, ça va ? ». Certes, les voisins passablement racistes de notre impasse déploraient le rap français trop fort et les cadavres de bouteilles gisant sur le bitume, mais de manière générale – et après que ma mère eut demandé à Nicolas s'il pouvait commencer à boire « plutôt au bout de l'avenue, pour ne pas se faire mal voir de Bernard et de Roger » – la vie prit des accents tendres dans la commune de Rezé. Jeanine avait trouvé deux « fils de location », se réjouissant du tumulte viable qu'ils apportaient dans sa grande maison.

Jusqu'au jour où, vers 6 heures du matin, Jeanine fut réveillée par des coups donnés « comme par des gorilles » sur la porte de la véranda ; c'était deux policiers, qui disposaient de l'uniforme et du mandat. Était-ce mon décès ou celui de mon père que ces petits messieurs venaient lui annoncer ? Des éclairs de panique la traversaient tandis qu'elle déverrouillait la porte d'entrée.

« Ça ne vous concerne pas, madame, la rassura heureusement un flic à la bedaine. Mais vous louez l'étage à un certain M. Kareski, n'est-ce pas ? »

Alors Jeanine, sur un soupir, indiqua aux policiers comment accéder à mon ancienne chambre d'enfant et, quelques minutes plus tard, le long de cet escalier en bois que j'ai dévalé sur mille rythmes différents à l'adolescence, Jeanine vit descendre un Kareski aux grands yeux bleus paniqués. Autour de ses mains – « qu'il avait très sales » – des menottes. Fer en avant, il fut donc conduit dehors, où trois autres officiers l'attendaient, qui étaient restés dans le jardin « en prévention, des fois qu'il saute par la fenêtre ». Et tout ce petit monde partit vers la prison. Quels méfaits avait commis Kareski pour en arriver là ? Longtemps, Jeanine n'en sut rien. Après le départ de son ami, la mélancolie du Petit Nicolas s'était changée en mutisme, et durant deux mois, ma mère ne l'aperçut plus qu'hebdomadairement, ivre et soliloquant, personnage beckettien qui tanguait dans mon escalier et refusait naturellement de confier à sa logeuse les motifs de son vague à l'âme.

Un mois plus tard, ma mère fut de nouveau réveillée à l'aube par des coups. Cette fois donnés contre le plancher, « comme si Nicolas s'était mis en tête de changer de place tous les meubles de l'étage ». Agacée, elle sortit de sa chambre dans un semi-sommeil pour voir ce qui se passait, et surprit alors le Petit Nicolas, une imposante valise à la main, prêt à quitter les lieux. Pouvait-elle savoir où il allait ?

« T'inquiète pas, maman, je vais juste travailler. »

De lui comme de son symbolique loyer, elle n'eut plus jamais de nouvelles.

9

Mais ici le récit s'interrompt, puisqu'une fois n'est pas coutume, elle me le raconte de face, râpant des carottes au-dessus de l'évier, et que lorsqu'elle fait un geste, Jeanine cesse les paroles ; puisque quand elle parle, de même et réciproquement, elle interrompt tous ses gestes. Servir le thé et discuter étant par exemple deux actes incompatibles. Cette incompatibilité m'agaçait beaucoup enfant, si bien qu'à chaque action suspendue je n'écoutais plus ce qu'elle me disait, concentrée sur la cuillère lévitant entre le yaourt et la bouche bavarde, priant pour qu'elle achève sa trajectoire, scrutant les millimètres parcourus, m'exaspérant de ceux qui ne le seraient, semblait-t-il, jamais. Combien de révélations ai-je ainsi perdues, pour un geste arrêté du couteau, juste au-dessus de la baguette ? Je ne crois pas qu'elle s'en soit jamais aperçue.

10

Orchestrer un faux cambriolage pour se débarrasser des affaires du Petit Nicolas, tel avait fini par être le projet de Jeanine. Elle avait pourtant commencé par des tentatives moins fantaisistes : harceler les proches du jeune homme, puis, n'obtenant pas de réponse, s'en remettre à la police : un ami pouvait peut-être récupérer les effets ? Nous n'avons pas de contact. Était-il alors possible de les déposer dans la rue ? Violation de propriété. Les laisser au poste jusqu'à ce qu'on les retire ? Voyons, madame, il fallait se résigner. Devant le manque de coopération du réel, Jeanine avait donc fini par s'en remettre à son imagination et sa tactique ultime avait consisté à transférer pendant la nuit les outils, verres à bière et autres t-shirts odorants de Nicolas sous le porche mal fermé, puis, le lendemain, à rallier secrètement Emmaüs pour faire don de l'ensemble. Aux voisins comme aux policiers, elle pouvait désormais asséner la version officielle : que la sécurité du quartier laissait à désirer et que les affaires de Nicolas, horreur, avaient été volées.

Quant à celles de Kareski ? Elles avaient été prises en charge très vite, Jeanine ayant reçu un appel de la prison de La Rochelle où l'inculpé, sur le ton sans âme des hommes sous surveillance, avait affirmé qu'il autorisait Juliette, son ex-compagne, à venir chercher ses affaires restantes. Jeanine, à défaut d'être familière de la Juliette en question, connaissait une autre amante de Kareski : la « toute jeune » Noémie, qui « l'aimait si fort, si fort ». De cette Noémie, une semaine après l'incarcération, ma mère avait reçu dans sa boîte aux lettres une question sur feuille volante : « Où est Kareski ? » Suivaient dix chiffres et un prénom. Consciente de l'urgence dont témoignait la fébrile graphie de Noémie, Jeanine l'avait aussitôt appelée pour lui apprendre l'arrestation de son fiancé. La stupéfaction, pour la jeune fille, avait été totale. « Vendredi dernier, avait expliqué Noémie, je suis passée chez vous avec lui, quand vous n'étiez pas là, il a fait sa valise et je l'ai conduit à la gare de Nantes. Il m'a dit qu'il allait chez son père, à La Rochelle… C'était faux ? »

Et ma mère avait dû être celle qui révèle à l'amante les mensonges de celui qu'elle aime. Certes, Kareski foulait en ce moment le sol de La Rochelle, mais était-ce pour barboter chez son père à l'île de Ré ? Non, c'était pour purger sa peine, à la prison de Saint-Martin-de-Ré. Qui avait prévenu Jeanine ? Un de ces policiers dont elle commençait à connaître l'allure par cœur, désormais : « Votre locataire ne reviendra pas avant un moment. » La retraitée s'était alors enquise du motif de l'incarcération et, sur un ton froid et sans appel, comme on vous claque une porte au nez, on l'avait gratifiée d'un frisson : « trafic de drogue ». Plus tard, ma mère apprendrait toutefois de Juliette-l'ancienne-compagne qu'une menace de mort à son égard avait valu comme autre chef d'inculpation. Il arrivait à Kareski d'être violent.

La franchise toute provinciale de Juliette plut beaucoup à Jeanine quand elle la reçut chez elle pour récupérer les affaires. Ma mère appréciait le ton sans minaudage de cette *Esmeralda de l'Atlantique*. Quand la visiteuse eut fini de rassembler la radio, les jeans et l'oreiller de son ancien concubin, Jeanine lui proposa donc un cidre, qui fut aussitôt refusé, « par manque de temps ». Ce qui, cet insolent refus d'une Juliette qui, maigre sac au bras, était déjà sur le départ, força paradoxalement l'admiration de Jeanine. Ne prenait-elle pas la télévision de Kareski, tout de même ? Non, il y en avait déjà une chez elle, que Jeanine la garde. Et impressionnée par l'assurance de cette jeune femme aux longs cheveux noirs et sévères, ma mère n'avait pas osé insister. L'amante était donc partie, et la télévision restée. Jusqu'à un mardi midi, où un Tunisien (« je le sais parce que je lui ai demandé *min aayna aant*, et il m'a dit *al-Tūnisiyya* »), était à son tour venu frapper à la véranda de Jeanine :

« Je suis Kaïs, je viens pour récupérer la télévision de Kareski.

— Comment ça ?

— Il me doit cette télé, je viens la prendre.

— Quelle preuve avez-vous à me donner ?

— Dites-lui que Khaldoun est passé pour la télé, vous verrez.

— Mais je croyais que vous étiez Kaïs ? Non, vous n'aurez pas le poste. »

Si la fermeté de ma mère est rare, elle est toutefois sans appel. Je le sais pour l'avoir expérimentée enfant : de même que, sans un ménage de chambre préalable, aucune sortie ne m'était autorisée, de même sans consigne officielle de Kareski, aucune télévision n'allait être accordée à cet individu louche à double dénomination.

Kaïs-ou-bien-Khaldoun, pourtant, ne lâcha pas tout de suite l'affaire. Une, deux, trois fois encore, ma mère reçut sa visite. Une, deux, trois fois encore, elle refusa qu'il emporte la télévision. Une semaine après, c'est finalement Juliette qui s'en chargea. Juliette qui d'ailleurs avait coupé ses longs cheveux et « j'ai pensé si fort que c'était dommage qu'elle a dû l'entendre ».

Après quoi, tout s'était calmé. Dans sa demeure, Jeanine avait concentré toute son affection sur ce qui était devenu son nouvel enfant à poils à la mort de l'anorexique Ouchka, à savoir sa chatte Zoé, et, hors demeure, elle continuait à vaquer – le mardi, à ses cours d'arabe, le vendredi au Lidl pour les promotions sur les biscuits et le samedi à la gymnastique, *histoire de ne pas rouiller*. Il m'arrive fréquemment d'appeler ma mère juste après ses cours de gymnastique ; est-ce le moment de la semaine où nos emplois du temps se synchronisent le mieux ? Sommes-nous inconsciemment habituées à parler le week-end, en souvenir des après-midi bibliothèque d'enfance ? Un samedi, après les derniers fléchissements de genoux, le Samsung Galaxy de Jeanine vibra d'un appel inconnu qu'elle prit aussitôt, pensant que c'était moi.

« Bonjour, maman, vous me reconnaissez ? » fit alors une voix que Jeanine ne reconnaissait que trop bien : Kareski était sorti de prison et envisageait de rentrer chez elle, à Rezé. « Vous serez là pour m'ouvrir, demain ? », s'enquit-il. Ce à quoi Jeanine répondit que non ; si elle se réjouissait de sa libération et lui souhaitait le meilleur, la location n'était cependant plus effective, le contrat s'arrêtait là. Puis elle raccrocha. À la suite de cet appel, quelques textos du grand blond atterrirent encore dans le Galaxy de la retraitée. Quelques « Mais je ne vous ai pas donné de préavis ! Je reviens ! ». Quelques menaces, également. Jeanine ignora l'ensemble et ne prit même pas la peine d'enregistrer le numéro de Kareski dans son répertoire.

« J'espère qu'il va bien, aujourd'hui, me lâcha-t-elle toutefois l'autre soir alors qu'elle achevait, non sans culpabilité, une nouvelle boîte de biscuits dans sa cuisine rose, et j'espère que là où il loge désormais, une maman lui apprend à ne pas mettre la musique trop fort. »

11

Dans les années 2000, tandis que *Le Nouvel Observateur* se compressait en *L'Obs*, *Les Inrockuptibles* en *Les Inrocks*, Monoprix en Monop' et la Boucherie Charlot en le Cheri Charlot, à Nantes naissait le Café Cult', lui aussi obéissant à l'impératif contemporain de la contraction du sens au profit de l'efficacité visuelle et sonore : il fallait façonner des noms de marques et de lieux modernes, pop et smsables, conformes aux cent quarante signes impartis par Twitter. Au fond à gauche du « Café Cult' » donc, dont Jeanine se demandait s'il s'agissait d'une abréviation de Culture ou de Culte, deux termes clés de l'époque, au fond de ce grand café rue des Carmes, situé dans une ancienne maison à colombages du XVe siècle, Jeanine était là, assise à une table sans iPhone ni tablette, sans revue, simplement là, immobile face à sa boisson, pareille à une psychopathe. Ses yeux grands ouverts sur le couple d'élégants Nantais qui lui faisait face, s'interrogeant sur sa propre élégance – s'était-elle habillée assez chic pour se pavaner dans le vieux Nantes ? –, elle attendait le Syrien Moussa, qui lui avait donné rendez-vous une semaine plus tôt, afin de s'épancher sur l'autorisation de regroupement familial qui n'arrivait décidément pas, et dont l'absence, ou la fantomatique présence, hantait ses nuits.

Il y avait quelque chose, dans l'expectative éperdue de ce sexagénaire, qui rappelait à Jeanine une nouvelle de Fitzgerald, *La Longue Fuite*, jadis décortiquée à l'université mais dont elle ne se souvenait que d'une scène, d'un rêve, celui d'une femme coiffant chaque matin son chapeau pour se rendre dans le hall d'un hôpital où elle espérait retrouver son époux. Se refusant à assimiler la mort de ce dernier.

Chassant cette idée mauvaise, Jeanine porta à ses lèvres ce qu'il restait d'un double café crème et le but d'un trait. Lorsque cinq minutes plus tard, Moussa pénétra dans le café, c'est donc pleinement énergisée qu'elle se leva et, dans un sursaut, tendit à son compagnon un assortiment de chocolats bigarrés, acheté à son intention. « J'ai pris plusieurs boîtes comme celle-ci car je compte également en offrir aux réfugiés de Paris qui campent près de chez ma fille… », ajouta-t-elle rapidement, comme pour justifier son geste. Mais Moussa, pour qui le français rapide et le français lent constituaient deux dialectes différents dont il ne parlait que le second, ne comprit rien et se contenta donc de sourire, rassemblant l'une contre l'autre ses mains dans un étrange mouvement prophétique avant de s'asseoir. Il fallait qu'il lui dise : il était heureux qu'ils se retrouvent parce que aucun Français ne l'avait, depuis son arrivée sur le territoire, invité à dîner. Ce qui, cet aveu de solitude, souffla Jeanine – qui le relança, tordant sa bouche à la manière des héros de dessins animés qui exhibent leur incrédulité.

« Je crois que les Français ont peur, Jeanine.

— Ah oui… acquiesça-t-elle, gênée. Et qu'est-ce que vous voulez boire ? »

Moussa ignora sa question pour, plutôt, lui exposer le devenir de sa Syrie, qui, dans l'ouest de la France, semblait n'intéresser personne ; Hamza, un proche de la famille, avait été inquiété la semaine passée : sa voiture avait explosé, piégée tandis qu'il n'y était pas, comme l'avait été celle de Moussa quinze mois auparavant. Ce n'était pas ce que vous appelez un « véhicule bombe », précisa-t-il toutefois à Jeanine qui embrayait déjà avec ses connaissances sur le *poor man's air force*, c'était une simple voiture piégée, dans son sens le plus pur : un attentat ciblé. Parce que c'était lui, parce que c'était moi. Parce qu'il avait écrit la moitié d'un tract appelant à la manifestation et rappelant les cruautés du régime depuis Deraa en 2011, et parce que je l'avais cosigné.

Jeanine, agitant vainement sa cuillère dans sa tasse sèche, fixait Moussa avec un regard compliqué, à la fois vide et grave, ignorant mais concerné. Elle s'essaya ensuite à quelques demandes de précisions, timidement, craignant de n'avoir à sa portée que des points d'interrogation mous, ses connaissances géopolitiques n'atteignant en rien celles de l'ancien prisonnier de Palmyre. Heureusement, Moussa monopolisa de nouveau le dialogue, profitant d'une perche qu'elle lui tendait sur les années de rétention encourues par un poseur d'explosifs afin de lui fait part de sa théorie sur les prisons, syriennes comme françaises. Pour lui, surveillants et prisonniers d'une même section pénitentiaire se gardaient toujours les uns les autres, réciproquement dépendants au point d'en développer des perversions : si le maton maltraite son prisonnier, c'est aussi pour aimer se sentir dépendant de lui, affirmait Moussa, et pour assainir le travail des gardiens, pour les délester de leurs instincts de domination, peut-être faudrait-il d'abord les accoutumer à garder des prisons vides…

« Vides comme ma tasse, vous voulez dire », embraya Jeanine, que cette discussion avait assoiffée. Moussa désirait-il aussi une boisson ? Il préférait manger.

« Je crois que c'est très cher ici, chuchota Jeanine, vous devriez prendre un petit plat à l'extérieur, dans un endroit moins moderne, et revenir ici pour un simple café… »

Le Syrien émit un rire : réfugié, il ne jouissait certes plus du même confort qu'avant, mais il disposait toujours, tout de même, de l'argent nécessaire pour s'offrir un cheeseburger dans une brasserie nantaise. Et comme Jeanine insistait, Harpagon incitant Moussa à cacher ses économies dans le jardin plutôt que dans le tiroir-caisse d'un café *pour la haute*, il prononça d'une voix articulée, et non sans un certain amusement, sourcil haussé, ce que chacun à sa place aurait pensé tout bas : « Ne seriez-vous pas un peu radine, Jeanine ? »

Était-ce d'être en légère hypoglycémie et conséquemment vulnérable ? La question toucha excessivement ma mère, comme on dit en plein cœur, si bien que plongeant son nez dans son café disparu, de honte et d'indignation à la fois surfaites et mêlées, elle avala sa salive de travers et toussa. Moussa s'enquit alors de son état, mais Jeanine ne répondit rien tant, au fond d'elle, une petite voix l'assourdissait : celle-là, à la manière d'un vinyle rayé, répétait en boucle combien elle avait connu la misère, tandis que Moussa, pour se permettre une telle inconséquence dans ses dépenses, n'avait pas tant dû l'éprouver, la pauvreté, les pommes de terre quotidiennes, les empilements de pulls hivernaux, les oranges de Noël... Que d'une même expérience de misère matérielle, on puisse tirer différentes leçons, cela ne venait pas à l'esprit de Jeanine, habituée à universaliser ses pensées les plus intimes. Quittant tout à fait Homs et Deraa, elle se perdit alors dans le souvenir d'une peine similaire, celle que lui avait fait sentir son mari, provocateur et dépensier, en affirmant, regard incisif dans le sien apeuré, avoir été au restaurant ici pour soixante-dix euros, en avoir dépensé cent autres dans un hôtel là, et prévoir d'en lâcher six cents derniers pour un énième voyage. « Alors si c'est comme ça, moi aussi je vais dépenser tout mon argent en restaurants et en balades », menaçait-elle, penaude. Et la vérité, c'est qu'elle aurait très bien pu faire ces dépenses, que personne ne l'en empêchait sinon sa propre autocensure, censure émanant de son histoire personnelle, celle d'une Bretonne pauvre ne pouvant s'encanailler dans le monde qu'à la condition de tout garder sous contrôle financièrement, sexuellement, amicalement, d'économiser et de s'économiser pour ne blesser personne, pour épargner ami, mari et fille, pour que personne ne souffre comme elle-même avait souffert.

« Est-ce que ça va, Jeanine ? répéta soudain Moussa, faisant éclater la bulle de ses mauvaises pensées.

— Faites ce que vous voulez, évidemment », répondit-elle.

Mais l'atmosphère, au Café Cult', n'était plus tout à fait la même, et jusqu'à la fin du repas, l'écoute de Jeanine serait troublée par ce tropisme monétaire. De la même manière, certainement, que Moussa verrouillait sa disponibilité au monde quand lui revenaient les images de sa Syrie désespérée, Jeanine verrouillait la sienne lorsqu'elle se replongeait dans les souvenirs de sa Bretagne infortunée. Et chacun son petit pet au cœur, ils continuèrent à bavarder une demi-heure, sans plus évoquer les choses qui comptent. Dehors, les passants semblaient se réjouir : c'était le premier jour des soldes.

12

Les hypermarchés représentent tout ce qu'adolescente, je condamnais farouchement dans la société contemporaine, accompagnant, au grand dam de ma mère, mes nerfs vindicatifs des attributs de la révolte : djembé, atébas et autres désirs de tatouages. Ce que je reprochais à ces espaces constituait pourtant précisément ce qui, pour Jeanine, leur donnait du cachet : les lumières crues dont elle louait l'honnêteté tandis qu'elles me semblaient écraser les formes et les nuances, les bandeaux publicitaires qui la faisaient rire quand je les trouvais assassins du sens, les dix caissières-automates dont la politesse l'enchantait quand je n'y voyais qu'aliénation… Seules les guerres parents/enfants menées, sans âme, au gré des caprices consuméristes de chacun nous unissaient dans l'affliction – batailles de familles qui, paradoxalement, rabibochaient la nôtre.

Et pourtant même dans un Super U sans charme, il advenait des expériences qui valent. À 17 ans j'avais surpris un jour, au rayon sucreries, un vague sosie d'Eminem dérober deux tablettes de chocolat ; me surprenant le surprendre, il m'avait souri, l'air de vouloir partager l'adrénaline du délit : j'avais été l'attendre à la sortie. Pourquoi avoir volé deux exemplaires du produit ? Un regard fixe et malicieux, comme s'il était pourvu de lunettes qui déshabillent, puis une réponse concise : une pour toi, une pour moi. Et feignant de n'entendre pas mon refus, il avait déposé sa tablette alimentaire dans mes bras. Nous nous étions ensuite séparés sans bavardages excessifs, sans échange de numéro. Il y avait une élégance. Le soir enfin, j'avais offert la friandise à Jeanine qui elle-même m'avait prévenue prévoir de la céder à quelqu'un d'autre, par déficit de désir. De don en don, me souviens-je avoir pensé, ce type finirait peut-être par récupérer sa friandise sombre.

La générosité est l'une des immuables qualités de Jeanine, qualité ayant pour étonnant corrélat, on l'aura compris, son imposant sens de l'épargne. « Pour donner, il faut d'abord économiser... » et enfant, elle était déjà celle qui, dans le dortoir de son pensionnat, capitalisait les centimes pour offrir des dragées à ses amis, qu'elle aimait voir gourmands et satisfaits. De même, collectionnant chaque mois les francs qu'elle remportait pour être arrivée première de sa classe, elle investissait plusieurs fois par an dans des cerises à l'intention de sa mère sous prétexte d'une fête, d'un anniversaire, d'un jour férié.

Dans ces tumultueux hypermarchés, il arrive souvent que se tiennent à l'entrée et à la sortie des membres d'associations caritatives diverses entendant, en toute bienveillance il va de soi, récupérer certaines de vos courses pour les redistribuer à plus démuni que vous. Plus d'une fois ma mère aura ressenti la fierté d'être en mesure de vider un tiers, voire, quand il n'était pas bien rempli, la moitié de son caddie. Passant devant ces bénévoles, qu'adolescente je jugeais – sans même les avoir écoutés, sans quoi je n'aurais pu les condamner – trop moralisateurs pour leur accorder ma sympathie, elle s'attendrissait. Tous ces gens n'ayant pas la chance de jouir de ces milliers de produits, me rendais-je seulement compte ? Si Jeanine ne partageait pas mon mépris des hypermarchés, c'est qu'ils étaient des paradis difficiles, qui ignorent la gratuité et qu'il faut mériter. Souvent, quand nous faisions les courses ensemble, je finissais par quitter la surface avant elle, exaspérée face à son abnégation consumériste, à laquelle je préférais l'Eminem au chocolat, notre Robin des Bois de Rezé. Nos disputes n'éclataient jamais frontalement qu'à ces endroits-là, dissensus quant au lieu où se situe la liberté : pour Jeanine, c'était celle de dépenser, pour moi, celle de n'y être pas sommée.

13

Pourquoi n'a-t-elle jamais commis le moindre vol, le moindre acte de vandalisme dans un quelconque centre commercial, pourquoi n'a-t-elle jamais fumé de Gauloises, bu d'absinthe, ni tatoué au feutre effaçable un signe idiot sur son poignet, canard humoristique ou croix gammée, pour jouir enfin du plaisir immature d'opposer au monde, sans avoir même besoin pour cela d'écouter sa proposition, un vigoureux « non » ? Pourquoi tant de mères, dès lors qu'elles accèdent à ce titre, semblent n'avoir jamais eu besoin d'arpenter les zones marginales de leurs propres cerveaux ? Où Jeanine a-t-elle enfoui sa part sombre, son amertume, sa rancœur ? L'a-t-elle quittée en donnant la vie ? C'est, de votre côté, en vous enfonçant dans des espaces mentaux insécurisés, vous frottant d'entières après-midi au chardon maritime et vous laissant dériver là où même les géants n'ont plus pied, c'est en vous adonnant à ce type de pratiques obscures qu'à l'adolescence, et plus tard encore, vous avez pu vous affranchir du couperet maternel. Alors pourquoi votre mère ne vous renvoie-t-elle pas l'impression d'avoir entrepris la même démarche vis-à-vis de ses propres parents ? Les mères excellant et se dévouant à leurs rôles de mamans seraient-elles, dans un recoin d'elles-mêmes, des enfants non émancipés ?

14

De ma tête vacillant tant sous les vagues de vin blanc qu'il fallait la conduire sur la terre ferme pour éviter la noyade, de mon corps conséquemment étalé à même l'herbe et de mes cheveux envahis de visqueux insectes et d'invisibles gouttes de pisse déposées plus tôt, sans que j'en aie d'ailleurs conscience, par un ancien ami qui pour la nuit me tiendrait lieu d'amant, de toutes ces joies répugnantes, je me souviens.

D'un corps que je n'éprouvais plus assez concrètement pour pouvoir l'appeler « le mien » et de chansons massacrées à force d'hystéries gestuelles, d'une course dans un champ sous l'orage et de lèvres si saoules qu'elles se ratent et retombent dans les blés, de lendemains encouettés sur la banquette arrière d'une Diesel au toit grand ouvert, la voix d'un Michel Berger ou, selon le grand écart en vigueur, d'une Nina Simone dans mes oreilles encore fatiguées des épreuves de la veille, de tous ces plaisirs violents, je me souviens.

Des attaques de bêtes tapies dans le noir, au cours des kilomètres de nuit parcourus à pied en niant les transports, des sommeils de trois heures qui s'ensuivaient, avec leurs rêves mauvais à l'érotisme discret, des lendemains des claques autoadministrées en vue d'un réveil rapide et des douches glacées prises sans ménagement avant le déjeuner des parents, de tous ces instants hypnagogiques, je me souviens.

De mes ivresses initiales, que d'un commun accord on banalise en les nommant « des cuites », je me souviens comme de mes premières lampées de liberté, d'agréables léchées d'émancipation et de douloureuses prises de conscience, *a posteriori*, de ce que s'affranchir voulait aussi dire. Je me souviens de ces périodes-ci, de « ces soirées-là » comme le chantait Yannick, jeune idole dont je portais alors, non sans humour, le charisme aux nues, je me souviens de ces nuits coruscantes, donc, comme on se souvient d'un bonheur. Mais ce dont je me souviens parallèlement, c'est d'avoir songé que, peut-être, jamais ma mère n'avait goûté à ces révélations paradoxales ; qu'elle ne connaissait pas le sexe conduit sous l'emprise du whisky, ni les vérités que révélaient les crises d'angoisse éméchées. Je le sentais à la manière qu'elle avait non de se fâcher des escapades dont je ne l'avertissais que de biais (le fameux « je vais dormir chez une amie »), mais de s'en effrayer, d'en être pour ainsi dire meurtrie. Les réactions de mon père étaient d'un ordre tout autre. Lui grognait pour le devoir et interdisait avec la fatigue des choses comprises : elle grondait pour la santé et interdisait avec la terreur des aventures fantasmées. Il affirmait « crois-moi, il ne faut pas » ; elle s'inquiétait « oh j'espère, tout de même, que tu n'as pas… ! » Et s'il m'arrivait, en fin de compte, de réguler mes élans dionysiaques, ce n'était pas par crainte de ses représailles, mais bien par peur de la blesser.

15

Quelles blessures contemporaines le *Goodbye Yellow Brick Road* d'Elton John berce-t-il encore ? Quelque part dans le monde, aujourd'hui, des cadavres sont certainement retournés à la terre au son de *Candle in the Wind*, des gorgées de vodka inondées de plaisir sur *Benny and the Jets* et des batailles de principes achevées dans le sang sur *Saturday Night's Alright* – c'est qu'il y a cette mode du vintage, ce culte du passé qui nous enjoint, en 2015, de vivre nos premiers baisers et de soigner nos ruptures précoces sur la musique des Beatles, des Beach Boys et autres Elton John, la même pop qui accompagna et, peut-être, rendit plus viable la traversée des gouffres de nos parents.

En 1973, alors que Jeanine avait tout juste 23 ans et que, pour la première et dernière fois de sa vie, elle venait d'enchaîner trois pressions d'Ober-Pils, c'était donc, déjà, le nouvel opus d'Elton John qui passait. Aldo, un Slovène ami d'ami sans toutefois jamais être devenu celui de ma mère, avait choisi le disque de la *yellow brick road* en raison de *son indéfectible amour pour* Le Magicien d'Oz. Raison que Jeanine ne comprenait pas, pour n'avoir jamais lu le livre de Franck Baum, et pour, de manière générale, ne pas faire confiance au genre de physique hyperboréeen qui était celui d'Aldo. « On dirait qu'ils n'ont pas de pigment dans le corps, c'est moche. » À quelques exceptions près, Jeanine entretenait déjà à l'égard des blonds vénitiens une mystérieuse rancœur, qui ne ferait qu'empirer par la suite. Aldo avait-il deviné ce sentiment mauvais ? Le partageait-il en retour ? Ou bien, au contraire, était-il attiré par cette petite brune aux cheveux frisés et à la grosse poitrine qu'était alors ma mère ? Un peu des deux à la fois ? Le grand pâle ne quittait pas la brune du bras, qu'il lui empruntait à chaque angle du jardin et qu'elle retirait invariablement en s'exclamant, sur un ton qu'elle voulait léger, « bon, je vais reprendre un verre ! ». Seulement Jeanine, je l'ai dit, n'avait jamais pris auparavant tant de verres et cette phrase anodine « je vais reprendre un verre » avait dans sa bouche l'arrière-goût des avertissements funestes. Pour échapper à Aldo, Jeanine avait bien essayé d'appeler au secours la seule amie qu'elle connaissait dans cette soirée « intercontinentale » et qui portait le joli nom de Patricia, mais les conversations de nuit étaient alors plus longues qu'aujourd'hui puisque aucun message de smartphone ni biosignal cardiaque ne venait interrompre la danse des idées, et celle que menait Patricia avec un inconnu semblait, au bout d'une heure, n'en être toujours qu'aux préliminaires. Il fallait se rendre à l'évidence : dans cette fête de jardin, Jeanine était seule.

Elle avait donc fini, l'alcool anesthésiant les volontés, par se laisser aller à l'écoute du grand blond qui la harcelait. Près d'une piscine parentale, Aldo avait informé Jeanine de toutes ses préoccupations du moment. Il avait discouru sur l'avenir de la Sorbonne et sur la triste nouvelle que constituait à ses yeux l'invention de la calculatrice de poche, il avait brodé une théorie sur la hausse des prix du marchand de sable et une seconde sur le coût de l'amour. Enfin, il lui avait parlé de son rêve aquatique, ce fantasme à propos de la mer Baltique dont il raffolait, où il voulait vivre et, en attendant, dans laquelle il courait se baigner dès que l'occasion d'un voyage en Finlande se profilait. Il y avait, là-bas, les saunas puis les trous creusés dans de petits icebergs locaux, il y avait les lacs de glace et les bouffées de chaleur des vodkas. Il y avait les chocs thermiques, pareils à des orgasmes. À toutes ces « sornettes d'homme saoul » comme elle les qualifie, Jeanine répondait par de vagues acquiescements tout en battant le rythme de *Benny and the Jets* et en observant Patricia qui retournait à la cuisine « en jacassant ». Voulait-elle se baigner ? Aldo avait fini par le lui proposer, désignant la piscine où flottaient, à trois mètres d'eux, quelques mégots échoués. Elle avait froid, ça allait pour cette fois, merci, et accompagnant ses propos de gestes comme si elle s'adressait à un malentendant, Jeanine avait encadré ses propres biceps de ses bras – seulement l'excuse n'était pas pour satisfaire Aldo, qui reposa sa question à deux, trois, quatre reprises sur une intonation chaque fois plus insistante, chaque fois plus intrusive. De même qu'en début de soirée Jeanine avait enchaîné les refus de donner son bras, elle enchaînait désormais les refus de plonger, insistant sur sa crainte du froid, prétendant qu'elle n'avait pas de maillot de bain, prétextant qu'elle craignait les mégots. Jusqu'à ce que la passable ivresse d'Aldo lui fasse saisir les épaules de Jeanine à pleines mains pour les retourner, les mettant face à l'eau chlorée : quel était son problème ? L'agressivité du ton d'Aldo paralysa ma mère, qui tourna vers son agresseur un visage plein de morale. « Si on n'y va pas ensemble, attention, je t'y envoie seule », et Aldo poussa un grognement bestial déguisé en rire tout en contraignant le maladroit corps de Jeanine à s'approcher du bassin.

Elle se débattait comme un porcin qu'on mène à l'abattoir, devant les regards interdits des autres membres de la fête, poussant mille petits « non » qu'on aurait pu confondre avec des minauderies de jeune fille en chaleur s'ils n'avaient été suivis, soudain, du hurlement d'effroi de celle à qui, au moins, on enfonce un couteau dans le thorax. Aldo l'avait poussée dans l'eau. Alertée par le cri de son amie, qui avait soudain couvert le rock d'Elton, Patricia se retourna vers la piscine. Ce qu'elle aperçut alors ? Jeanine, chutant dans l'azur liquide et par là, cela se voyait à son regard, dans un cauchemar. Aussitôt, elle se précipita près de la piscine où mon bovidé de maman se débattait contre ce monstre qu'était devenue l'eau à ses yeux – deux animaux bleus qui s'agitaient, affolés, comme s'ils allaient sous peu découvrir l'allure de la mort.

« BANDE DE SALAUDS, criait Patricia arrivant au bord du bassin, animée de la rage à demi spontanée, à demi complaisante de ces justiciers humains qu'on applaudit dans les comics, BANDE DE SALAUDS, ELLE NE SAIT PAS NAGER, ELLE N'A JAMAIS APPRIS ! »

Et, dessinant dans la piscine le point final de sa soirée, la femme plongea pour repêcher ma mère. Après cet épisode traumatique, et bien que l'incident ne fût pas la conséquence directe de son ivresse d'alors, Jeanine cesserait de goûter de l'alcool fort à tout jamais.

16

Les grandes fatigues courent souvent le risque de se muer en orgueil : telle était la conclusion à laquelle était arrivée Jeanine au terme de sa dernière entrevue avec son amie Patricia, qu'elle ne voyait désormais plus qu'annuellement, pour un dîner prétexte au ping-pong des souvenirs. Se souvenait-elle de ce plongeon tout habillée dans la piscine ? Comme elle lui avait fait peur, à l'époque.

Seulement entre les deux femmes, au fil du temps, était advenu un bouleversement hiérarchique : Jeanine jadis admirée de Patricia pour sa persévérance, son sens de l'effort, ne l'était désormais plus que pour son endurance humanitaire tandis que Patricia avait gagné l'émerveillement de Jeanine en raison de son *merveilleux enchaînement d'incroyables succès professionnels*, cette dernière ayant *remporté haut la main* l'agreg d'anglais, puis obtenu un poste de professeur à l'Université et, il y a peu, un emploi de traductrice à l'Organisation des Nations unies, promotion sociale à haute responsabilité dont elle se félicitait d'ailleurs autant qu'elle s'en désolait – ce qui revenait tout compte fait au même tant on sentait, dans la manière qu'avait Patricia de répéter qu'elle *frôlait chaque jour le burn-out*, la satisfaction sous-jacente d'éprouver un chagrin d'honneur. C'était une fatigue certes, mais une fatigue qui au fond l'emplissait d'une satisfaction toute contemporaine, celle d'appartenir à la race huppée des ultra-productifs – race à laquelle Jeanine n'entendait rien. Et face à l'épuisement supérieur de son amie, les histoires d'immigrés syriens et d'Italiennes dépressives trouvaient de moins en moins leur place.

Puisque dans la guerre déclarée par l'orgueil au manque de confiance en soi, Jeanine avait le rôle du perdant, elle devait s'appliquer à ne faire qu'écouter. Ce qui, somme toute, ne lui déplaisait pas.

17

Contre la tyrannie des ambitions, elle a préféré affiner sa part sensible : plutôt que les dîners à plusieurs, elle choisissait les tête-à-tête, au champagne qui frappe préférant le cidre doux ; plutôt que de s'inscrire au concours pour l'agrégation, qu'on lui conseillait de passer, elle apprit la peinture et effeuilla des livres d'histoire ; plutôt que de migrer au Kenya où on lui offrait un poste à valeur ajoutée mais où on lui retirait le loisir de se promener sans gardes du corps, elle décida de conserver son emploi et de randonner librement ; plutôt que de faire sauter une classe à sa fille, elle l'encouragea à profiter du temps libre découlant de son avance scolaire afin de dériver dans les parcs, les histoires et les sentiments.

À cette indifférence envers la symbolique sociale, deux motifs majeurs. D'une part, le manque de confiance en soi induit par son milieu d'origine rural et pauvre, la peur d'être humiliée par de mieux-nés qu'elle – ses parents ne lui avaient-ils pas rappelé qu'elle « resterait toujours une paysanne », alors qu'elle se réjouissait d'être la première femme de son village à obtenir le baccalauréat, en l'ironique année 1968 ? Pour la plupart des gens, la vie s'achève sur un compromis : c'est sur un compromis que la sienne avait commencé.

Elle ne pourrait jamais être l'égale de ses modèles, elle ne serait jamais qu'une transclasse plus ou moins cultivée, et à cette réalité elle s'était résignée. D'autre part, et sûrement est-ce lié, il y avait un penchant pour la liberté qu'offre l'abandon des prétentions. À 35 ans, Jeanine était résolue à ne plus se livrer aux concours de reconnaissance sociale : elle avait obtenu une situation, elle s'en satisferait. Cette décision avait assuré son indépendance et le libre développement de sa sensibilité en même temps que, précoce résolution, elle avait forcé chez elle une sorte de vieillissement prématuré. L'adrénaline des ambitions agit souvent comme une garantie de jeunesse, on se dit « plus tard, je serai... », « bientôt, je ferai... ». Ma mère n'était plus dopée à cette sorte d'aspiration. Elle avait d'autres joies.

Je lui ai reproché sa modestie naturelle quand, quittant la maison, j'ai compris le fonctionnement symbolique de ce monde : les enjeux des grandes écoles (dont elle ne m'avait jamais sérieusement parlé), le sens des positions géographiques (ce que représentait Rezé par rapport à Paris), la distinction induite par les marques (quelle valeur pour Vet'Affaires, quelle autre pour Zara). Il est même probable que je lui aie manqué de respect au moment de mon émancipation en raillant ses habitudes Lidl, son indifférence au jazz et sa méconnaissance de Godard. Je pense toutefois qu'elle n'a jamais souffert de ce léger mépris de classe que mon immaturité me dictait. Elle savait que cela me passerait et cela, d'ailleurs, m'est vite passé. Tout en continuant à ironiser sur ses chaussons soldés, j'admire désormais la discrète puissance de ma mère ; je lui suis reconnaissante de m'avoir donné le goût du cidre qu'on vide en silence.

18

Et pourtant quel vertige cela peut être le soir, lorsqu'on a 23 ans, que l'on rentre d'une journée d'obligations et que l'on bavarde rapidement avec un ami d'adolescence, quel vertige cela peut être quand pour nous donner de ses nouvelles il nous indique ses récentes positions, sociales et puis géographiques, comme dans un jeu de bataille navale, celles qu'il a touchées et ces autres, qu'il est parvenu à couler, quel vertige cela peut être de comprendre, ou simplement de constater, que chacun autour de soi *trouve sa place*. Que celui qui rêvait de jouer devient un comédien professionnel ; que le nom de celle qui aimait écrire devient une signature à valeur sociale ajoutée ; que ce camarade du collège cynique et sans précise passion travaille désormais dans une PME prometteuse ; que cet autre, taciturne et bizarre, construit sa réputation dans l'underground des grandes capitales ; que rares sont ceux qui attendent encore, qui hésitent encore, qui doutent toujours, ceux dont on ne devine pas de quoi leur avenir sera fait. Même ces quelques écoliers buissonniers qui n'avaient pas travaillé à construire le château de leurs vies d'adultes commencent à habiter leurs propres paroisses, petites chapelles, autels biscornus.

Cernant la forêt des angoisses adolescentes dont nous sortons tour à tour, il y a les CDI, les CDD, les boîtes de production et les maisons d'édition, les emplois du temps et les congés payés, les mariages, les naissances et les chiens domestiques, prénommés Jack et Jean-Pierre, qui eux aussi enfanteront. Nos habitudes propres commencent à être contractées. Nous y voilà, dans le sérieux de l'existence, dans l'impériosité des cases. Nous pénétrons dans un récipient, chacun le sien, nous choisissons notre espace, ses frontières, ses murs, et nous le faisons avec un empressement proche de l'affolement. Les cadres devenant les nôtres rassurent ces désirs contradictoires qui en nous, par trop libres et trop sauvages, inquiétaient. Entre les murs de notre nouveau petit théâtre nous nous blottissons, nous nous adaptons. Et chacune des pièces qu'on nous propose d'y jouer, chacune des tâches dont on nous nomme responsables, a des allures de cadeaux tombés des cieux. Nous pensions ne jamais nous en sortir, les autres quitteraient la forêt, certainement, mais nous, nous resterions sur le carreau, il nous manquerait toujours quelque chose. Le chromosome adulte ? Bientôt, et sans même que nous nous en rendions compte, le monde nous le greffe. Allons-nous vraiment incarner ce que nous travaillions à être ? Cela semble impossible. Puis cela se fait.

Et je nous vois, de plus en plus, raffermir nos positions de bataille. Je nous vois qui consumons nos embryons de vies variées ; nous les fondons dans un « je » tyrannique et triomphant, nous pénétrons dans l'arrogance de l'assertion. Et nous voyant faire, je nous imite. Dans la pièce autoritaire, je joue, tu joues, nous jouons – que faire d'autre ? Le réel réclame cette arrogance. Il appelle cela le concret. Celui-là même qui suscite mon angoisse en même temps qu'il m'incite, publiquement, à prétendre ne pas la ressentir. Semblable à nous tous, je déploie mes adhésions, mes convictions, mes opinions. Mais je le fais à ma manière, celle que m'a léguée Jeanine, une vanité tatouée à l'encre invisible sur le poignet.

J'agis sans trop y croire, m'agitant ici, là-bas, pour le plaisir et par inquiétude. Les prises de positions, m'avait prévenue ma mère, ressemblent toujours à des jeux d'enfants.

19

Une camionneuse aux traits aristocratiques, à la cascade de cheveux et aux robes à franges : le paradoxe dont Sarah était l'incarnation fascinait Jeanine. Il avait même suffi à la convaincre de lui louer brièvement son rez-de-chaussée, l'ancien bureau de son époux. Comme toujours, les affaires de contrats avaient été arrangées en *deux coups de cuillère à pot* – expression dont Jeanine raffole au même titre que *à la mords-moi l'nœud*, *fier comme un bar-tabac* ou *faire tourner en bourrique*. Sans faire tourner en bourrique la tête de Jeanine donc, la duchesse Sarah avait convenu d'une heure de signature dans le palais rose maternel, heure durant laquelle elle n'avait pas manqué d'honorer sa loueuse d'une photocopie de son contrat de chauffeuse de camion. En échange, Jeanine s'était fait un plaisir de lui prêter grille-pain et théière. Le lendemain, elle s'installait.

Bientôt, la rejoindrait son compagnon du moment, un *bel homme chef d'entreprise*, avec qui elle aimait avoir très chaud. Si chaud d'ailleurs qu'elle n'hésitait pas à monter le chauffage au maximum, chauffage dont le contrat stipulait qu'il était compris dans le loyer et dont elle n'avait donc pas à s'inquiéter. Quand la chaleur des appartements commença toutefois à faire fondre le chocolat blanc que Sarah aimait à grignoter (« je la voyais souvent passer avec du chocolat blanc »), alors elle et son ami François prirent le pli d'ouvrir grand les fenêtres chaque matin pour ne revenir du travail que le soir, goûter l'air chaud-frais qu'ils avaient fabriqué. Et que Jeanine payait.

La générosité de ma mère n'est infinie qu'à certaines conditions, parmi lesquelles figure la bonne foi de ceux et celles à qui elle offre ses services et, éventuellement, ses billets. Or, de bonne foi, Sarah et son ami ne l'étaient pas même en apparence. Ils faisaient exprès de laisser les fenêtres ouvertes, assurait Jeanine, elle aurait évidemment pardonné un oubli, une inattention, mais là, non, elle vous l'assurait, là c'était autre chose – là, c'était volontaire. Afin de contrecarrer les maléfiques courants d'air frais, ma mère descendit donc deux, trois fois, demander à Sarah de faire un effort de fenêtre. Sans quoi elle se verrait obligée de couper leur confort, ce qu'elle n'avait, « croyez-moi », pas la moindre envie de faire.

Après quoi quinze jours passèrent, au cours desquels Sarah et François s'évaporèrent. Inquiète et se souvenant qu'elle disposait du contrat de la belle chauffeuse, ma mère contacta son patron, *pour des nouvelles*. Lui non plus n'avait plus vu la princesse depuis quelque temps. Il s'agissait là, madame, d'un vrai mystère.

Celui-ci, toutefois, fut vite éventé : Sarah réapparut bientôt, plus cernée et ébouriffée qu'avant, toujours avec François, et non seulement avec lui, mais accompagnée d'une ribambelle d'autres chauffeurs de poids lourds. À partir de là, Jeanine verrait d'ailleurs chaque soir, et ce durant une dizaine de jours, s'organiser un ballet de biceps tatoués et de rouges à lèvres verts, de gentilles moustaches et de bedaines naissantes. Mme de Pompadour des routiers de la Loire-Atlantique, Sarah semblait tenir à Rezé ses salons mondains du moteur, juste sous la cuisine rose de ma mère.

Une nuit, tout cela alla un peu trop loin. La lune était pleine et haute quand, depuis le jardin, des cris, des chants et autres feux de camp indiens réveillèrent Jeanine. Comme sous l'envoûtement de quelque crise de somnambulisme, elle déplaça aussitôt son corps, pour aller jeter un secret coup d'œil à la fête. Près de ses tomates géantes, elle découvrit alors des dizaines de convives affublés de plumes et de casquettes noires. « C'était une vraie rave miniature », dramatisera plus tard ma mère, qui pour sa part ne pratiquait plus la fête qu'à dose minime, un dîner trimestriel, un apéritif mensuel – de l'*homéoparty*, comme elle disait. Alors que faire de cette débauche, là, dans son jardin ? Le cerveau ensommeillé et dépourvu de toute idée, Jeanine retourna se coucher.

Au petit matin, vers les 6 heures, la première chose que fit Jeanine fut néanmoins de se rendre dehors en robe de chambre, vérifier l'état du jardin. Elle s'aperçut alors, non sans être traversée d'un spasme d'effroi, que sur les dix ou quinze convives de la veille, six étaient toujours là, dormant à même la pelouse, le visage dans la rosée. Désormais tout à fait réveillée, et par là tout à fait paniquée, ma mère fourra Zoé dans ses bras, pour se donner du courage, puis se rendit au rez-de-chaussée frapper à la porte de Sarah. Comme elle n'obtenait pas de réponse, elle entra. Devant elle, des cadavres de bouteilles, quelques tablettes de Milka blanc et deux corps jonchant le carrelage, dont celui de Sarah. Nue.

« Mais qu'est-ce que vous faites là, chez moi ? » ne put s'empêcher de s'exclamer ma mère, d'une voix proche des 1900 hertz.

« C'est vous qui êtes chez moi, là ! » répondit une Sarah tout aussi perturbée, encore ivre et choquée d'avoir été débusquée en pareil habit.

Et une dispute ionescienne s'engagea entre les deux femmes, que ponctuaient les miaulements de la caractérielle Zoé, jusqu'à ce que ma mère, se sentant menacée par Sarah (et par ses acolytes, « ses supporters, oui ! », maintenant bien réveillés), compose le 17. Les policiers arrivèrent un quart d'heure plus tard pour chasser les plumes et calmer les ardeurs. Sous le couperet des autorités, l'histoire prit fin. Après ça, ni ma mère ni Sarah ne voulurent plus entendre parler l'une de l'autre et quelques nuits plus tard, sans se signaler, la chauffeuse de poids lourd fugua définitivement. Emportant toutes ses affaires, ainsi que le grille-pain. Et la théière.

Je me souviens de l'appel de ma mère après cette histoire comme de l'un des plus tristes qu'elle m'ait jamais passé. *Vraiment*, elle était fatiguée, *dégoûtée*, elle se sentait trahie par l'être humain et cela lui faisait mal au cœur. Comme un amant, quand il met sa foi dans une relation, si périlleuse soit-elle, si prévenu ait-il été des risques qu'il courait, souffre le martyre de se découvrir trompé. Surtout par une jolie femme comme ça.

20

Nous sommes légion à sentir qu'il advient dans les familles, au fil des ans, une sorte de renversement hiérarchique voulant que chaque enfant finisse par devenir le parent de ses parents ; cette idée se traduit notamment chez nous par le fait que, quand je lui rends visite, Jeanine réclame parfois, essuyant une larme imaginaire de bravoure théâtrale, un verre de cidre ou une part de gâteau comme si j'étais l'autorité à consulter pour se l'accorder, d'autres fois, ma mère décide de dormir dans la chambre de ma petite enfance, son vieux corps investissant avec la joie du souvenir le lit une place où j'ai perdu et mes dents de lait et ma virginité.

Un soir, je me souviens m'être allongée auprès d'elle sur ce petit lit ; il devait être 23 heures et, hypnotisée par la nuit, j'ai délaissé toute pudeur pour faire à ma mère quelques confidences emphatiques et, oui, passablement ridicules. À travers un laborieux soliloque, je la remerciai de m'avoir montré que pouvait exister cette générosité naturelle, sans orgueil ni attente, qui est la sienne. « Il y a chez toi un sens du don pur, une qualité aujourd'hui si rare », lui dis-je sur le ton surfait des grands moments de vérité, tandis qu'elle fixait, au plafond, deux ou trois étoiles en plastique sale, résidus de mes 8 ans. Ma déclaration d'affection dura sept, peut-être dix minutes, au terme desquelles je me tus et attendis, bêtement, une réaction de ma mère. Il n'y en eut aucune. M'avait-elle seulement écoutée ? Bien sûr qu'elle l'avait fait, et c'était d'ailleurs gentil, voulut-elle me rassurer avec le ton sur lequel on remercie une vieille tante pour le parfum qu'elle vous refourgue à Noël, oui, c'était gentil mais au même instant, l'avenir de Moussa la travaillait. S'inquiétait-elle donc pour lui ? Pour elle, évidemment. « J'espère que je ne vais pas trop l'avoir dans les pattes, maintenant... », conclut-elle dans un filet de voix enfantine.

C'est qu'il y a ce réjouissant paradoxe chez Jeanine : si elle court volontiers au secours de qui souffre en silence, elle aime peu, en revanche, qu'on vienne lui demander de l'aide. Ainsi se montre-t-elle ferme et presque désagréable envers les mendiants qui lui tendent la main sur un « s'il vous plaît, madame » tandis que, sans hésiter, il lui arriva de réserver une chambre d'hôtel à un sans domicile fixe qu'elle trouva près du cinéma Gaumont, concentré sur un tas de ferraille qu'il transformait en petits chérubins. « Non seulement il fixait ses anges, mais il s'appelait Moïse ! »

21

À l'automne 2015, les tirs se sont multipliés dans la région de Damas, où sont restés vivre l'épouse et les deux enfants de Moussa. Cela fait désormais dix mois qu'il espère faire venir ses proches près de lui, en vertu d'un droit d'asile français. Cela fait aussi dix mois que l'État persiste à ignorer ses courriers, ses appels répétés – *en cours*, le dossier n'est jamais qu'*en cours*. « J'aurais dû m'expatrier en Allemagne, confie-t-il à ma mère à l'occasion d'un énième triste café crème, cette fois avalé dans un de ces bars qui sentent à la fois le moisi, le Ricard-cigarettes et le vin d'âge. En France, les papiers transitent mal, ce n'est pas un bon pays pour l'administration. » Et d'expliquer à Jeanine comment, réfugiés dans la petite ville de Nauen, près de Berlin, des amis opposants ont obtenu un permis de séjour allemand, pour eux et pour leurs épouses, dans un délai de trois mois.

Sa réflexion fait rire Jeanine, qui partage son désarroi : n'a-t-elle pas elle aussi subi la lenteur de la CAF, du service clients de la RATP ou de la SNCF ? Elle connaît, merci nous connaissons aussi, les tendances kafkaïennes de l'administration française – « je dis toujours que CAF doit sûrement être le diminutif de Kafka », affirme-t-elle avec une telle joie qu'elle parviendrait presque, pour un spectateur extérieur, à rendre drôle sa blague pourtant éculée. Mais les lacunes langagières persistant, le gag ne passe pas auprès d'un Moussa qui se contente de décocher à Jeanine un regard poli avant de poursuivre le récit, pudique et mesuré, de ses maux d'exilé. Tandis qu'il ravive l'exécution récente de son ami opposant, ma mère s'étonne du calme avec lequel Moussa remue son café : « Vous n'avez pas peur, avec toutes ces histoires ? s'enquiert-elle naïvement, vous parvenez tout de même à dormir la nuit ? »

Moussa fixe d'abord Jeanine sans répondre, avec un de ces sourires constitués d'un impossible mélange de condescendance et de bienveillance : les choses dont on a peur, madame, sont celles qui ne sont encore jamais arrivées – une fois que les bombes ont explosé au seul motif d'un malheureux tract, alors vous n'avez plus « peur », madame, vous n'avez juste pas envie, et vous dormez la nuit parce qu'il n'y a rien d'autre à faire, vous comprenez ? Elle comprend, alors il boit une gorgée d'un café qu'on devine mal dosé à la manière qu'il a de crisper les narines et, sur un sourire plus franc, il ajoute, modulant son propos, plus peur, non, sauf quand le retard de l'administration française vous désespère. Puis, dévisageant les cumulonimbus par la fenêtre, sans avoir l'air d'y penser, il achève sa pensée : « On n'arrête pas de nous faire mourir pour des papiers. »

22

Vous n'entendrez jamais Jeanine dire qu'elle est désespérée, pas même triste ou chagrinée. Qu'il existe en elle du mauvais, des peines et des douleurs, elle l'admettrait volontiers s'ils possédaient un territoire distinct de celui réservé à la bonté, à la joie et au plaisir, mais cet espace dédié au drame, qui chez tant d'individus s'étend sur des vallées de larmes, cette grotte vouée aux échos plaintifs, en son propre cœur n'existe pas. Quand elle est triste, quelque chose rit en elle, quand elle est gaie, quelque chose en souterrain s'effondre ; vous ne pourrez jamais la réduire à aucune des émotions qu'elle accepte de vous montrer : éternellement, son visage est tissé. Jeanine échappe.

Observatrice et muette face au déferlement des émotions brutes, notamment, elle l'a toujours été. Son empathie est sans commune mesure quand elle voit un enfant ravaler sa salive, le menton d'une vieille femme trembler, mais, et c'est peut-être le propre de l'empathie, l'émotion qu'elle ressent alors ne se présente jamais tout à fait comme la sienne propre. Il faut en fait qu'elle en passe par les sensations des autres pour autoriser les siennes à affleurer, pareille aux spectateurs de théâtre déçus qui réclament silencieusement de leurs voisins qu'ils commencent les premiers à critiquer le spectacle avant de s'abandonner eux-mêmes aux critiques.

Dépendre des sensations des autres pour sentir soi-même : les répercussions du manque de confiance de ma mère vont jusque-là. Il y a évidemment une grande faiblesse dans ce rapport mimétique au monde, mais il y a aussi une force immense ; celle du contrôle de ses propres élans par la patience, une endurante observation.

Aussi, lors des attentats terroristes, Jeanine crut bon de réguler, par une sorte de tact intuitif, une peine qu'elle devinait si ostentatoire qu'elle en devenait obscène pour les proches de victimes directes du drame. « Cela doit être insurmontable pour les familles, je pense seulement à elles », répétait-elle avant de maladroitement s'exclamer : « Il faut que tout le monde aille se coucher, pourquoi ne nous disent-ils pas ça à la télé ? » Et Jeanine prônait le repos et la tendresse en boucle, indifférente à l'humeur médiatique imperceptiblement virile qui, comme le gaz sarin, commençait d'anesthésier les sensibilités féminines réfractaires à l'« œil pour œil dent pour dent » en vigueur. Il y a, dans les *Trois Guinées* de Virginia Woolf, cette belle idée toujours neuve énonçant que l'indifférence de la féminité face à une certaine quête de pouvoir masculine constitue une offense paradoxale ; ils ont les armes, elles ont le détournement de regard. J'ai souvent vu Jeanine utiliser cette défense symbolique, face aux emportements de Kareski ou de Moussa, aux délires nationalistes des voisins et aux bouffées égotiques de certains séducteurs. L'indifférence, quand elle se fait sport d'endurance, peut devenir une véritable arme de destitution des prétentions.

Quelque part dans ses journaux de notes, entre un jeu de mots africain et la définition de l'acronyme d'une filiale de Daech, Jeanine a recopié cet extrait de la *Lettre à Champfleury* de Courbet, 1854 : « Car il y a des gens qui se réveillent la nuit en ruisselant et en criant : — Je veux juger ! Il faut que je juge ! » Elle y a ajouté une flèche et en rouge a noté, d'une écriture rapide aux boucles des « e » bâclées : « Je ne fais pas partie de ces gens. » Juste en dessous, paradait la dérisoire recette d'un cake à la banane.

23

Comme s'adonnant à un jeu d'enfant, Jeanine décida un jour de se fondre dans le « groupe des fillettes musulmanes » de Rezé afin d'assister aux cours d'arabe dispensés par la mosquée de Pont-Rousseau. Le foulard de sa belle-mère décédée sur les cheveux, elle n'eut pas besoin de tasser beaucoup son mètre soixante pour atteindre la taille des petites Leila et Anissa : la mosquée l'enchanta aussitôt.

Pendant une demi-heure, incognito et ravie de l'être, Jeanine put donc répéter avec les autres ces belles mélodies énigmatiques que représentent pour elle les expressions « Marhaba » (bienvenue), « Anta Hayati » (tu es ma vie) ou « El hamdou lillah » (louange à Dieu) – jusqu'à ce qu'une femme de confession musulmane plus âgée, Bassimah, vienne interrompre son tour de chant, la prenant sous le bras et la priant de quitter les lieux *de toute urgence.* Jeanine déguerpit donc sans se faire prier, non toutefois sans en profiter pour enregistrer le numéro de téléphone de celle qui la chassait des lieux. Pouvait-elle l'appeler la semaine suivante et lui apporter des friandises pour refaire le monde ? La réponse de Bassimah fut positive et Jeanine put donc poursuivre, quelques jours plus tard, sa mystérieuse investigation, son travail de détective des âmes sans cabinet ni client. Autour d'un thé mentholé, dans l'appartement de Bassimah, elle apprit à connaître les coutumes autoritaires de « son mari salafiste » et la manière abrupte dont celui-ci aimait « se vider le tuyau » la nuit, tournant son corps vers elle pour y frotter son sexe sans bruit. En retour, ma mère lui raconta quelques anecdotes conjugales personnelles et toutes deux, sur une douteuse connivence féminine, eurent matière à rigoler. Cette après-midi ne fut suivie d'aucune autre : après quelques textos négatifs et froids, Jeanine cessa tout à fait d'avoir des nouvelles de Bassimah. « Elle a dû avoir peur de quelque chose », estima-t-elle au téléphone, visiblement déçue que sa copine lui file ainsi entre les doigts.

« C'est qu'ils disparaissent tous », affirme ma mère, avant de me raconter comment son amitié avec Moussa touche elle aussi à son terme. Il la drague désormais, il laisse des messages sur son répondeur énonçant qu'elle lui manque et qu'il aimerait encore partager des bolées de cidre avec elle. « Je me suis encore fait avoir », constate Jeanine en soupirant, sans réaliser le comique de répétition du personnage qu'elle incarne alors.

Heureusement, plus fiables que les humains, il y a les animaux, et Jeanine après cette histoire repéra un chihuahua sur Le Bon Coin. Il vient de loin, m'expliqua-t-elle au téléphone, lui aussi a eu un passé difficile. Était-ce à dire qu'elle lui cuisinerait des crêpes canines ? Le pousserait-elle à la confidence ? Quelles consolations spéciales envisageait-elle pour lui ? Et d'ailleurs comment s'appelait-il ? Quand je le lui demandai, ma mère prit une respiration solennelle puis m'expliqua très sérieusement qu'elle avait longtemps hésité entre deux possibilités, mais que l'année 2015 était celle des prénoms en M et que cela lui facilitait le choix. Le chihuahua, qui d'ailleurs n'échapperait pas à l'adage « tel maître, tel chien » et serait pourvu, à l'image de sa maîtresse, de courtes pattes, d'un manque d'assurance et d'un joli pelage noir, ce canin-là ne s'appellera donc pas Bassimah – mais bien Moussa.

24

« C'est interdit de donner le nom d'un prophète à un chien ! »

Deux petites dames sur talons gris se tenaient là, dans la cuisine de Jeanine. Un esprit fertile eût pu les imaginer fondatrices du Gaffiot s'il n'y avait eu ces brochures ésotériques qu'elles serraient fort contre leurs seins : *Où trouver les réponses aux grandes questions de la vie ?* L'intitulé avait amusé ma mère, si bien qu'elle avait aussitôt accepté de discuter avec ces femmes sans prénom et qui prétendaient être sœurs, en dépit du teint épicé de la première et des yeux bleus sur fond ivoire de la seconde.

C'est qu'elle avait déjà, et plus d'une fois, été confrontée aux Témoins de Jéhovah, ces éternels « Étudiants de la Bible » convaincus que la fin des temps est proche. Elle leur portait une certaine tendresse, consciente de l'isolement qu'impliquait le fait d'être séparés du monde, de ne fêter ni Noël ni le Nouvel An ni Pâques, de n'avoir pas plus le droit de flirter que de rire. Elle avait donc ouvert sa porte aux deux institutrices envoyées par Dieu : « Est-ce que Taze Russel m'autorise à vous offrir un café ? » Les deux femmes avaient alors échangé un regard de confirmation puis, derrière le bouclier de leur brochure (*Est-ce à cause de Dieu que nous souffrons ? Que se passe-t-il après la mort ?*), elles étaient entrées.

L'une d'elles avait expliqué à ma mère, qu'ancienne musulmane très pratiquante elle s'était reconvertie deux ans auparavant, ayant été touchée par la grâce. Aujourd'hui, elle était soulagée d'avoir quitté *Babylone la grande, l'empire mondial de la fausse religion.* Mais Jeanine n'avait pas prêté l'oreille à cette seconde phrase, tout alertée par la première qu'elle était. Si la dame était musulmane, alors elle apprécierait, certainement, l'intitulé du chien : « Viens ici, Moussa ! – Il s'appelle Moussa : Moïse en arabe. »

S'en était suivi, de la part des deux religieuses, une diatribe contre les athées agrémentée d'un rappel des principes premiers : le sacré doit rester au sacré et un chien ne saurait répondre à ce titre. D'autant plus, avait ajouté la première, que les chiens sont *haram* dans la religion musulmane. Penaude face aux réprimandes de Jéhovah, ma mère en avait oublié de préparer le café, et les deux femmes s'étaient relevées, disposées à quitter cette demeure impie.

« Mais les Portugais portant le prénom de Jésus sont-ils donc coupables, eux aussi ? »

La question de Jeanine sonna aux oreilles des femmes comme une gifle. Lentement, elles se retournèrent pour la dévisager et longuement, plus longuement encore, elles restèrent dans cette posture, sans dire un mot. Enfin, la plus pâle s'approcha de Jeanine et lui tendit une de ses brochures, comme un père eût tendu un billet de vingt euros à son voyou d'enfant, à contrecœur et pour son bien.

« Faire un peu de porte-à-porte à votre tour… commença-t-elle.

— … vous ferait le plus grand bien », conclut sa sœur.

Sur quoi elles quittèrent la maison en saluant ma mère et en snobant son chihuahua. La fin du monde était proche.

25

Comme il est exigeant, le jeu vidéo proposé par notre propre cerveau ; tant d'obstacles à chaque niveau : le gouffre de la flemme, l'attaque de la pulsion de mort, la trappe du bâclage, la prise d'otage de l'humeur grise, l'épreuve du marécage dépressif… Il faudrait, comme on le fait pour certains jeux en ligne, ouvrir des forums pour échanger des codes permettant de désamorcer les pièges, à chaque stade de la vie – Jeanine l'a bien compris, qui au fil du temps a développé ses propres astuces : « Quand on a surmonté tant d'épreuves extérieures dans la vie, on apprend à s'accommoder des embarras intérieurs. » Au nombre des combines lui permettant de chasser le spleen, il faut banalement compter celle de l'expression corporelle et du chant ; quand elle fait chuter une tasse, quand elle surprend un couple hurler, quand son propre interlocuteur hausse la voix, Jeanine enfile sa cape d'autodérision, chausse un nez rouge imaginaire et s'adonne à une grotesque gesticulation de clown, pleurant à la manière d'une marionnette pour se soumettre en apparence, sans le faire au premier degré. Se mettant souvent à chanter, aussi, chanter comme on se bouche les oreilles et comme on met ses écouteurs, exprimant par de légères vocalises son refus de pénétrer dans l'univers du ressentiment.

On trouvera à cela quelque chose d'agaçant : sur le moment, celui qui nous fait sentir la vanité de notre humeur noire ne contribue qu'à l'assombrir davantage, et la joie de Gontran Bonheur est un calvaire pour Donald Duck, la gaieté d'une femme, source d'angoisse pour Baudelaire et la Castafiore, cauchemar pour Haddock. Mais, avec le recul et le calme retrouvé, les émotions d'antan prennent un autre sens et les couplets de ma mère, ces chants roses qui irritaient mes crises d'adolescence, me reviennent aujourd'hui comme de fiables remèdes à la mélancolie.

26

Évoluant dans une apocalypse éternelle, la vieille fredonnait elle aussi, l'air absent, d'étranges mélodies en espagnol. On la voyait déambuler, près du port de Nantes, toujours quelques sachets plastiques aux bras – qui ne faisaient pas signe vers la précarité mais vers l'achat. Avec ses 80 ans au compteur, on l'observait rouler des hanches et interpréter *Mediterráneo* à l'octave d'un ténor léger, répétant les refrains par trois fois. On entendait la vieille chanter, puis elle disparaissait.

Il existe, pour chacun d'entre nous, un ensemble de figures urbaines qui hantent. Ce sont des silhouettes que nous identifions instantanément pour les avoir maintes fois croisées, et qui participent de notre apprivoisement du décor. C'est un homme en sarouel gris qui discourt à propos de la hausse du prix des pommes de terre ; c'est un dandy ridé à l'inaliénable costume vert d'eau ; c'est une sans domicile fixe du métro, dont la voix de reine vous fait sursauter à l'arrêt Pigalle ; c'est une mère de six enfants, arpentant chaque dimanche le jardin du Luxembourg ; ce sont des corps qui familiarisent le paysage.

La fredonnante Espagnole incarnait précisément, pour Jeanine, l'une de ces figures. Pendant des semaines, la silhouette et la voix de cette vieille femme avaient réchauffé le décor glacé du port de Nantes où ma mère accueillait chaque jeudi des marins. Aussi un soir, entre chien et loup, Jeanine avait-elle fini par aborder la dame, prétendant vouloir soulager ses hanches (« Je te ramène chez toi en voiture ? ») quand elle espérait surtout pratiquer son espagnol (« ¿Te conduzco a casa en coche ? »). La femme, qui répondait au patronyme idyllique de Carmen, refusa en baissant les yeux. Elle habitait au carrefour, et finirait la route à pied. Ma mère voulait-elle qu'elle lui montre sa maison ? Cela ne se refusait pas. Carmen et Jeanine firent donc sommairement connaissance et au carrefour, dès lors, ma mère prit l'habitude de se rendre tous les jeudis, pour partager le thé.

Carmen était arrivée en France dans les années 1960. Prenant part sans le savoir à la troisième vague migratoire de l'Espagne franquiste, elle avait suivi son mari qui rêvait, disait-elle, de couper du bois à Paris. À défaut de Paris, ça avait été l'ouest de la France, dont elle appréciait davantage les paysages que la langue : « Trop difficile le français, et puis je sais pas lire, que chanter. » Les premiers jeudis, ma mère rentrait de ses rendez-vous saturée de dopamine. Elle en apprenait tant sur le général Franco, les mariages forcés de Séville et la progressive amnésie du castillan… La chanteuse de rue s'était, certes, révélée plus sombre que prévu – ayant le cœur aux fables qui finissent mal et autres lamentations égotiques – mais cela ravissait le voyeurisme de Jeanine. Par reconnaissance autant que par compassion, ma mère n'hésitait d'ailleurs pas à offrir à Carmen des plantes, des caramels, des chocolats. En retour, l'Espagnole redoublait d'histoires sordides.

Un invisible mécanisme se déclenche, quand deux personnes se rencontrent pour la première fois, sorte d'insidieuse distribution des rôles qui détermine l'avenir de la relation. À chaque réelle rencontre, nous commençons par exhiber un visage de nous-même singulier, pour chacun de nos amis différent, puis nous nous accoutumons à ce rôle et, inconsciemment, nous le répétons. Ainsi serais-je incapable de voir certains amis sans violentes crises de rire quand d'autres, avec qui j'entretiens des rapports plus souterrains, me prédisposent plutôt aux cafés-cigarettes contemplatifs. Ainsi Carmen, qui avait exhibé devant Jeanine, lors du premier thé, ses accents les plus plaintifs et son visage le plus esseulé, était désormais incapable d'en bouger et ne rencontrait plus ma mère, désormais, que sous l'égide de la lamentation. Paralysie geignarde qui finit par lasser cette dernière.

Elle ne viendrait peut-être pas chez elle la semaine suivante, prévint-elle, elle avait de nouveaux locataires chez elle. Mais Carmen, qui avait pris goût au récit de soi, refusait que son auditrice l'abandonne : « Ne me laissez pas, Jeanine, je suis toute seule, personne ne vient jamais me voir. » Et par empathie pour la solitude des vieilles personnes, ma mère revint récolter les pleurs et les emphases, le jeudi d'après.

« Vous reviendrez jeudi, hein ? Sinon je suis toute seule, je n'ai qu'un chat… » – la même scène se reproduisait ; Carmen pleurait sa solitude ; ma mère s'attendrissait. Peu importe la monotonie des récits, les conversations sans substance, les dépenses de Jeanine en chocolats. C'étaient, à tout le moins, des visites pourvues de cœur : « J'avais l'impression de sauver quelqu'un. »

Puis arriva un mardi où, alors qu'elle déambulait près du port, Jeanine prit l'initiative d'aller sonner chez Carmen sans rendez-vous, pensant lui faire plaisir. « Qu'est-ce que vous faites là, ce n'est pas le bon jour ! » s'exclama l'Espagnole, de la gêne plein les dents, quand elle ouvrit la porte, au terme de trois sonneries. Un garçon d'une demi-douzaine d'années lui tirait la chemise, des cris retentissaient dans le salon.

« Tiens, vous n'êtes pas seule ? » s'étonna Jeanine, sincèrement surprise, tandis qu'une petite fille sautait sur le petit garçon, un dinosaure en plastique dans la main.

Alors Carmen, tout en marmonnant des jurons espagnols dans sa barbe naissante, fit l'effort de présenter à Jeanine son frère, son neveu et leurs enfants. Autant de figures constituant la petite assemblée familiale qui venait lui rendre visite tous les mardis.

Dans l'entrée, où ma mère avait été reléguée par la vieille femme pour les présentations, une odeur de tomate flottait, « certainement la cuisine ». Carmen-l'esseulée, devenue pour l'occasion Carmen-la-grand-maman, avait visiblement préparé un repas frais pour son public du mardi.

Voulait-elle rester manger avec eux ? Le frère de Carmen proposait cela à Jeanine sans y penser, comme on tend machinalement la corbeille de pain au bout de la table. Ma mère refusa sans politesse excessive, salua Carmen d'un regard prolongé et rentra chez elle dîner, seule devant sa télévision, enfant délaissée face aux « Guignols de l'info » ou à quelque documentaire animalier qu'elle aime à regarder sans le son, les soirs où le cœur n'y est plus.

« Je n'ai même pas osé regarder sur la table du salon, j'aurais été trop blessée de découvrir qu'elle offrait mes chocolats à tout le monde… » me confia-t-elle quelques jours plus tard, précisant sa déception. Et depuis, près du port, Carmen est redevenue une silhouette.

27

Habitués du café parisien où, un week-end, Jeanine et moi prenons un café, deux journalistes échangent des traits d'esprit sur la politique. À côté d'eux un troisième habitué est là, silencieux et concentré sur les sons répétitifs du percolateur, comme s'il y lisait une histoire en morse. Sans raison apparente, l'un des journalistes se retourne soudain vers lui et l'interroge vivement :

« Bon, et toi, Luc, ça va bien ?

— Oh, tu sais…

— Quoi ?

— Je me sens toujours aussi seul, quoi.

— Ah bah ça…

— Toujours aussi inexistant pour les autres en fait.

— Ah ça, il faut briser la glace hein ! »

Et se retournant vers son ami : « Aux dernières nouvelles, Luc se sent toujours seul. » Les deux éclatent alors d'un rire excessif et bizarre tandis que Luc se reconcentre sur sa machine à café. Il s'éclipsera sans se signaler, les autres continuant de discuter, visiblement heureux.

« Je n'ai jamais vu autant de gens parler seuls qu'à Paris, m'affirme Jeanine, quelques minutes plus tard, commentant la scène avec ce léger décalage qu'il lui arrive couramment de subir, mais comment cela se passe chez eux ? Est-ce qu'ils continuent à parler ? Est-ce que la télévision prend le relais ? Ou bien alors… », mais la fin de sa phrase, ici, se perd dans la contemplation de la fenêtre.

28

Jeanine avait souvent rêvé de louer des appartements ; professeur d'anglais par amour des rencontres, elle aurait tout aussi bien pu devenir agent immobilier par attrait des solitudes. Elle disait aimer regarder comment les gens s'installent et se comportent quand plus personne n'exige rien d'eux. Aussi, quand elle prit la retraite de sa profession principale, Jeanine en profita pour entamer une carrière dans sa profession secondaire. Sa maison déployée sur trois étages lui permettait de se transformer, à son officieuse manière, en agent de sol pour âmes compliquées.

Ruth, elle, l'était devenue officiellement. Être agent immobilier fournissait à la jeune femme l'occasion idéale d'observer l'intérieur des autres, le prétexte parfait pour épier l'intimité des traders, celle des infirmières ou des taxidermistes, le moyen rêvé de pénétrer certains secrets sans en avoir l'air. Sans surprise, elle émerveilla Jeanine à la manière des étoiles américaines, quand elle la rencontra dans son agence de Bouguenais, un matin de mars. Sous couvert d'être à la recherche d'un T2 dans lequel investir, Jeanine fréquentait sporadiquement, depuis quelques mois, toutes les agences de la Loire-Atlantique, s'acoquinant avec leurs employés pour le plaisir de se projeter dans l'exercice de leur profession ; il y avait eu, à Vertou, le grand blond à la chaussure rouge qui zozotait et sentait l'hospice. À Trentemoult, ça avait été l'ancienne étudiante en chant lyrique qui portait des piercings près de chaque orifice et s'exprimait avec une sorte d'accent irlandais. Ailleurs, mais où ?, le garçon de bonne famille, dénué de toute caractéristique singulière au point que ce manque de particularité constituait, précisément, sa singularité. Puis était apparue Ruth. Ruth, l'Américaine à double nationalité et double regard ; Ruth aux yeux vairons, l'un marron piqué de vert et l'autre vert piqué de bleu ; Ruth qui, toujours drapée dans un pull pâle, avait au visage l'éclat lisse de la certitude qu'on vous regarde en permanence et la pose prise, depuis l'enfance, pour une caméra imaginaire ; Ruth, qui maîtrisait l'art de dire bonjour à chaque client comme s'il s'agissait d'un secret privilégié et qui ainsi, leur donnant une étrange importance, en gagnait plus encore à leurs yeux – Ruth.

Comment peut-on être si jolie et s'enfermer toute la journée dans une agence ? s'était interrogée Jeanine, depuis toujours convaincue que son propre visage manquait de beauté et de l'assurance qu'elle vous donne (« une tante m'a dit que j'étais jolie à 23 ans, avant je croyais être un laideron »). Puis aussitôt après, elle avait songé combien la profondeur des œillades ruthiennes devait lui garantir les ventes. Il en fallait, du charisme, pour mener l'inconnu à ouvrir son portefeuille. Lors du rendez-vous qu'elle avait contracté avec la sémillante Ruth, Jeanine s'était répandue, comme à son habitude, en requêtes indiscrètes que l'agent s'était fait un plaisir de satisfaire les unes après les autres, sans rien perdre de son sourire. Vous venez d'une famille aisée, pour vous intéresser à la vente des murs ? Vous avez un petit ami ? Que fait-il ? Et sans indiscrétion, où habitez-vous ? J'imagine que le logement d'une dame de votre profession doit valoir le coup…

Ruth non seulement comblait les attentes interrogatives de sa potentielle cliente, mais, au-delà d'offrir de strictes réponses, détaillait pour Jeanine ses pensées, ses raisons d'être, ses origines et ses moyens. Était-ce par simple bienveillance ? Par perfectionnisme professionnel ? Par empathie, peut-être, pour une Jeanine qu'elle devinait admirative ? L'employée passa une bonne heure à livrer ses secrets d'entreprise à cette femme d'âge mûr qui, c'était flagrant, rêvait d'ouvrir sa propre enseigne.

Il est rare qu'on rencontre quelqu'un avec qui l'on partage plus que des amis, des lieux ou des souvenirs, rare qu'on soit confronté à quelqu'un dont on embrasse, intimement et précisément, l'idéal. Le fantasme des intérieurs qui animait Ruth inspirait pourtant Jeanine d'une manière analogue – si similaire en vérité que leur discussion en devenait parfois troublante : n'avaient-elles pas été jusqu'à prononcer l'expression « secrets de famille » au même moment ? Seulement l'entente entre ces femmes de deux générations différentes ne pouvait s'éterniser et à la fin de cette période de rencontres agréables et bizarres, une fois que Jeanine eut avoué à Ruth qu'elle n'achèterait rien, la jeune femme salua définitivement ma mère, et Jeanine lui rendit affectivement son au revoir. Puis, sur le pas de la porte, la belle Américaine interpella sa curieuse cliente pour lui poser une dernière question :

« Et vous, madame, avec un tel sens du contact et un tel amour des logements : pourquoi n'avez-vous jamais travaillé dans l'immobilier ?

— Oh, fit Jeanine avec un sourire, puis elle vérifia que ses clés étaient bien dans son sac et releva la tête, tout simplement parce que je n'avais pas vos yeux. »

29

Il y a ce phénomène : chaque fois que, m'engouffrant dans le tram, je quittais mon impasse rezéenne pour rejoindre la ville de Nantes, une bouffée d'orgueil me montait aux joues et, comme sous l'emprise d'une sorte d'amphétamine sociale, je me mettais à élargir le pas, à redresser les épaules et à froncer le regard, prenant l'air rugueux de ceux qui ont à accomplir des choses sérieuses. Puis, dans les rues piétonnes, je m'adonnais au ping-pong dérisoire des regards d'estime.

Les centres-villes de taille importante sécrètent dans l'air d'invisibles particules semblant vous métamorphoser vous-même en personne importante. Celui de Nantes tout particulièrement dans mon cas, puisqu'il est le premier à m'avoir révélé l'éclat et l'élégance qui manquaient ostensiblement à ma bourgade natale, cette agglomération moyenne et d'un gris indifférencié. À Nantes il y avait les vêtements bien coupés et les cinémas d'art et d'essai. Il y avait les carrés plongeants des femmes plasticiennes et les bottines de cuir des fils d'avocat. Il y avait les lycées à options rares, les conservatoires de flûte et les slims seyants des bébés rockers. C'était une ville d'enjeux.

Arpentant les pavés, place du Commerce, ma mère a-t-elle aussi goûté ces particules d'orgueil élémentaire ? Rien n'est moins sûr ; l'élégance des citadins bien éduqués l'impressionnait, certes, mais elle la terrassait davantage qu'elle ne la régénérait. Elle craignait, je crois, de n'être pas à la hauteur. Elle se comparait, se sous-estimait, se dépréciait, souffrant d'un complexe d'infériorité qui, sans doute, la rendit ridicule aux yeux d'individus railleurs. Mépris qui, parfois, m'inspire une tristesse.

30

L'angle des maisons de province, la nuit, a quelque chose de tranchant. Surtout si cet angle se situe derrière un réverbère dont la lumière grésille ; surtout si à proximité paradent de hauts pruniers, que le vent agite et que le silence berce ; surtout si ce silence est troué, soudain, de l'aboiement d'un labrador au loin et surtout si à la suite de ce cri, un autre plus humain retentit, caverneux, celui de votre propre mère.

« Qui est là ? » cria Jeanine, une première fois, puis « QUI EST LÀ », à nouveau, d'une voix plus sourde encore. Et comme elle continuait, je quittai le paysage d'angle de ma fenêtre pour rejoindre le long couloir sans ampoule de la maison maternelle. Peut-être y avait-il en effet quelqu'un, et sur la pointe des pieds, je guettais la présence d'un Arsène Lupin missionné pour dérober le collier de la reine, cœur tambour, je m'attendais à découvrir l'élégante silhouette d'un John Dillinger ou, pire, d'un Billy the Kid, couteau à la main. Bientôt le couloir fut parcouru dans toute sa longueur et y avait-il quelqu'un ? Il n'y avait personne.

« QUI EST LÀ », recommença pourtant Jeanine quand j'arrivai au pas de sa porte et, cette fois, comme si c'était de ma seule présence qu'elle s'alarmait. Allait-elle bien ? En majuscules, encore, elle VOULAIT SAVOIR QUI ÉTAIT LÀ – si bien que je m'immobilisai tout à fait dans le couloir, pétrifiée d'entendre cette voix que je savais être celle de ma mère, et que pourtant je ne reconnaissais pas. Il est toujours paralysant de surprendre la part sombre de nos proches, cette partie d'eux-mêmes enfouie, tue, et qui semble située à une infinie distance de notre espace mental partagé. C'est la paralysie qui a dû s'emparer des proches de Xavier Dupont de Ligonnès apprenant le quintuple meurtre de Nantes, c'est encore celle qui aura envahi les connaissances de l'Adversaire Jean-Claude Romand, découvrant le mensonge pyramidal que représentait sa vie, et, certes, à très moindre échelle, c'est moi, apeurée par la voix de Jeanine, dotée d'une agressivité nouvelle à mes oreilles.

« SI VOUS NE ME DITES PAS QUI EST LÀ… »

Cela continuait.

« Mais où, là ?

— DEVANT MA CHAMBRE.

— Ce n'est que moi.

— JE VAIS SORTIR LES GRANDS MOYENS, QUI… »

Poussant doucement la porte de sa chambre, je surpris Jeanine, à demi redressée contre la barre de son lit, les paupières closes et les sourcils froncés, se débattant de tous ses muscles contractés contre l'ennemi imaginaire qui l'agressait en rêve.

« PARTEZ D'ICI, fit-elle, sentant qu'on avançait, puis, plus bas cette fois : Partez de ma chambre… »

Ça devenait franchement fatigant.

« JE N'AURAIS PAS DÛ VOUS ACCUEILLIR.

— Pardon ?

— VOUS ACCUEILLIR DANS MA… »

Mais ses propos déjà se liquéfiaient, ses sourcils se décrispaient, et je la vis ouvrir deux yeux perdus, avant de détendre ses muscles pour se recroqueviller tout à fait contre son oreiller. Elle semblait n'avoir pas même remarqué ma présence. Le matin suivant, elle m'assurerait d'ailleurs ne se souvenir de rien, précisant néanmoins que je n'étais pas la première à lui révéler ses macabres comportements de nuit.

La transe morbide qu'avait traversée ma mère, et dont mon père me confirmerait plus tard qu'elle appartenait à un ensemble de crises somnambuliques fréquentes, cette agitation devait résulter, songeais-je, de ses rencontres hétéroclites diurnes. D'une certaine manière, cette force de cauchemar allait de pair avec les saintes attitudes quotidiennes de Jeanine. C'est comme si toutes les angoisses qui ne la visitaient pas le jour, face aux repris de justice, aux femmes battues et autres soldats de Daech, se déchargeaient en elle pendant la nuit : mauvaises pensées et démons parasites, affolements sans cause et suspicions outrées, toute cette négativité était expurgée par les songes de ma mère, pour qu'au réveil il n'en reste plus rien, qu'une attention à ce qui, réellement, *est là*.

31

À présent persuadée de sa vanité fondamentale, Jeanine aime qu'on lui redonne, pour un temps, un sentiment d'utilité ; d'où son attrait magnétique pour l'écoute des personnes en difficulté, de quelque nationalité soient-elles ; d'où ses errances dans les rues à la recherche d'un enfant à calmer, d'un conducteur perdu à renseigner ; d'où, également, son plaisir à corriger, jardiner ou nettoyer les lieux de son ancien mari – et quand elle m'appelle pour me raconter comment elle a dû venir en aide à mon père sous tel ou tel prétexte, j'ai toujours l'impression de l'entendre, derrière sa plainte d'apparat, remercier en silence les mauvaises herbes qui ont poussé, le rapport de mission qu'elle doit relire, le taxi qu'elle doit remplacer. Par chance, vouloir se rendre utile est un désir sain : on peut le satisfaire sans peine. Combien d'associations, dans chaque ville, ont comme vocation majeure de redonner aux gens un sentiment d'utilité ? C'est à l'accueil des marins de navires de commerce en escale que ma mère a, pour sa part, décidé de dédier sa solitude du jeudi. Le Seamen's Club de Nantes, dont les locaux sont en fait situés à Trentemoult, capitale des nouveaux riches de la Loire-Atlantique, est tenu par d'anciens capitaines, vieux briscards aujourd'hui à la retraite, qui chaque semaine viennent subvenir aux besoins des plus jeunes. Médicaments, puces téléphoniques, paquets de cigarettes ou connexion internet, les bénévoles se présentent comme des génies à même d'exaucer tous les vœux, leur panse gonflée d'objets magiques, leurs langues saturées de phrases qui apaisent.

Quant à Jeanine, c'est avant tout pour s'adonner aux exercices de conversation qu'elle s'était inscrite au club des hommes de la mer de sa ville ; conversations avec les moussaillons et les nautoniers, évidemment, mais aussi avec les autres bénévoles dont, c'est là qu'elle l'avait connu, un exilé syrien qui portait le joli prénom de « Moussa », qu'elle trouvait trop maigre pour un sexagénaire et à qui elle proposa donc, d'abord sur un ton de blague, de venir chez elle manger des crêpes, « pour vous renflouer ». Personne, depuis son arrivée en France, n'avait rien proposé de tel à Moussa, lui qui s'était pourtant inscrit au club dans la seule optique de faire des rencontres franco-syriennes. Il sauta donc immédiatement sur l'opportunité du trait d'humour de Jeanine.

« À quand, cette soirée crêpes ? », la blague devenait réalité. On décida que Moussa viendrait le mercredi d'après-dîner chez elle. « Ma fille sera là, vous pourrez faire connaissance, elle aime les récits », précisa Jeanine, se réjouissant en elle-même d'ainsi faire d'une pierre deux coups – sans se douter, toutefois, combien elle visait juste.

32

Il était là, avançant sur le pont du bateau comme un acteur sur son tapis rouge. Avec l'agilité d'un trapéziste et la prestance d'un tigre blanc, le capitaine du navire marchait.

De rares individus reçoivent la grâce à la naissance ; d'autres, tout aussi rares, le pouvoir de la déceler. Ainsi du réalisateur Glenn O'Brien qui repéra Jean-Michel Basquiat quand celui-ci ne commettait encore que de vagues graffitis sur les murs de Manhattan ou de cet *impresario* qui, durant une kermesse d'école primaire, vit en la petite Kristen Stewart une future comédienne à succès. Si étonnant que cela puisse paraître, au regard de ses goûts douteux en matière d'aménagement intérieur, je crois ma mère dotée de ce don : c'est munie d'un invisible détecteur de grâce qu'elle juge les physiques inconnus. Combien de fois, au supermarché, m'a-t-elle montré du doigt telle fille ou tel garçon qu'elle trouvait sublime et qui, à bien y regarder, possédait en effet des traits fins que je n'aurais jamais songé à étudier de moi-même, rebutée par d'inconvenants accessoires de mode ? L'innocence de Jeanine se niche dans son regard, et c'est sans s'inquiéter des appartenances sociales, des styles ou des défauts du corps qu'elle discrimine les allures pour élire les plus gracieuses.

Il lui sauta aux yeux que le commandant du *Zosbek* possédait l'aura des dieux. À peine avait-il d'ailleurs accosté qu'elle s'approcha : « Welcome, are you here to act in a movie ? » Non, pour exporter des céréales, mais si Jeanine avait un meilleur rôle à lui proposer, qu'elle n'hésite pas. Ma mère émit un piaillement de groupie et, ravie de déambuler en si brillante compagnie, conduisit le beau capitaine à la salle des ordinateurs du Seamen's Club. Là-bas, l'homme s'adossa à un grand poste blanc, et, les yeux dans ceux de ma mère, s'adonna à un éloge de Poutine. Qu'il aimait comme un père et qu'il rêvait de voir prendre la tête d'un empire du troisième millénaire. Tout ce qui n'est pas possible en France le devient en Russie, prétendit-il à Jeanine : fumer dans les cafés, avorter jusqu'à vingt-deux semaines après la conception, ou encore « pratiquer l'homosexualité ».

« Mais le mariage gay est loin d'être au programme, non ? » s'enquit Jeanine sur un ton de chute de blague. Adroit, Belmondovitch éluda, passant à une amoureuse description de ses enfants. Jeanine n'écoutait que d'une oreille sourde : d'autres points d'interrogation l'assaillaient. Comment un si bel homme eût-il pu être ignoré d'Hollywood ? Que faisait Sokourov ? Et Mikhalkov ? Qu'attendait Tarkovski pour ressusciter ? Une salve de compliments sur son physique succéda à ces pensées, tous aussi effrontés que rieurs, l'âge asexué de ma mère lui octroyant le droit de s'épargner la pudeur.

« Je vais vous confier quelque chose, finit par dire Belmondovitch pour mettre fin à l'ode sensuelle d'une Jeanine, qui, alors, retint son souffle. J'ai été danseur classique pendant vingt ans. »

Jeanine exultait. Elle eût été un caniche que sa queue se serait détachée à force de remuer de joie. Elle le savait depuis le premier regard, qu'il dansait, mais où ? Où avait-il dansé ? La réponse du Russe claqua ici comme le nom d'un vainqueur aux Oscars : il avait dansé au Bolchoï de Moscou.

Et précisant que son identité devait rester inconnue des autres membres de l'équipage, sous peine d'encourir une dépréciation d'autorité, le capitaine du *Zosbek* se remémora ses années à l'Académie chorégraphique de Moscou, son interprétation du frère Fritz dans *Casse-noisette* et sa retraite à 29 ans, prise à la suite d'un genou endommagé. Après avoir quitté la scène, il avait choisi d'arpenter les mers. Le métier de marin, tout aussi physique, exigeait un autre courage, une autre rigueur. Sa deuxième vie l'enthousiasmait. Dans l'hystérie des révélations, Belmondovitch prit l'initiative de présenter sa fillette de 4 ans à ma mère, via cette tour de magie numérique qu'est FaceTime. Pendant dix minutes, l'homme-étoile dialogua en russe avec la petite Annushka, que Jeanine trouva « belle comme un astre ». Puis on appela les marins sur le pont, l'escale touchant à sa fin, et le père salua l'enfant de la main.

« Tu aurais vu la grâce, dans ses doigts ! s'extasierait plus tard Jeanine. On aurait dit un danseur contemporain ayant répété le parfait salut pendant des heures… C'était féerique. »

Cet au revoir à l'écran avait représenté pour Jeanine une sorte de ballet miniature du Bolchoï, par miracle interprété dans la salle informatique du Seamen's Club de Nantes. Puis la grâce s'en était allée, regagnant son navire en vue d'autres rivages. Étoile filante.

33

Jeune, elle avait aimé une autre étoile, plus sombre mais tout aussi filante. À 20 ans, elle s'était éprise d'un Barnabé, comme l'apôtre délaissé par la Bible, *celui qui n'est pas dans la liste officielle de Jésus, tu sais*. Camarade de promotion à l'université de Brest où Jeanine perfectionnait ses accents étrangers, l'apôtre délaissé se présentait à la fois comme un bricoleur, un amateur de Simon and Garfunkel, un joueur dans l'équipe de basket amateur de la promo et un fin cuisinier de dorades – mais c'est le collectionneur d'anonymats que Jeanine avait aimé en lui. Barnabé conservait soigneusement les traces d'âmes humaines qu'il trouvait sur l'asphalte : il récolait les photos d'identité déchirées, les mots doux tombés des poches et autres places de cinéma échouées. Sorte d'Amélie Poulain viril de la Bretagne, doté d'un visage antique (« il avait le visage long et la barbe des anciens »), Barnabé détenait chez lui, dans un appartement brestois que Jeanine visita à l'occasion d'un travail universitaire commun, quelque huit classeurs où ses documents d'espionnage quotidien étaient répertoriés par ordre chronologique. Il ne les rouvrait que pour les montrer aux visiteurs ; le reste du temps ils restaient là fermés, royaumes d'inconnus capturés.

À l'époque, m'avait expliqué ma mère, Barnabé s'adonnait à ses collections depuis quatre ans et entendait bien les poursuivre toute sa vie durant : l'inconnu était sa passion et, pour un temps, lui était devenu celle de Jeanine. Durant des mois, elle s'était imaginé refaire sa vie dans les bras de ce jeune homme discret et rangé, qui tout comme elle n'aimait rien tant qu'observer. Elle se voyait déjà l'épouser et peut-être aurait-elle alors à ses côtés (mais ici c'est moi qui extrapole) entrepris des recherches sur l'homme en costume à l'arrière-plan de l'Abbey Road des Beatles, des fouilles quant à la personnalité de l'éditeur qui rendit à Musil sa célébrité, le chauffeur qui faucha Roland Barthes et les enfants qui découvrirent, en 1941, le corps de Virginia Woolf depuis trois semaines noyée. Amoureusement, ils auraient ensemble fui le monde des identités pour se fondre dans celui qui disparaît, à la traque des figures d'ombre de l'histoire, des prénoms remerciés en première page des livres, et des visages sans nom au fond des grandes toiles de maîtres.

Il n'en fut jamais rien. Jeanine était timide, et une fois l'année scolaire achevée, elle n'eut plus jamais l'audace d'écrire ou d'appeler un Barnabé qu'elle avait pourtant fixé chaque jour, et qui semblait (mais ici, c'est elle qui extrapole) l'avoir contemplée en retour. Son union avec Barnabé, seule figure que de sa vie, peut-être, elle eût jamais aimée, cette union demeura à l'état de projet – et toute sa vie je crois, elle resta, dans un territoire d'elle-même, amoureuse de ce rêve qui ne se concrétisa jamais.

34

Sur un son rauque il s'est levé, comme un cheval à qui l'on administre la cravache, et en criant il a prévenu son armée imaginaire qu'il montait au combat, qu'il prendrait les armes, qu'il ne resterait pas une minute de plus dans ce pays. Inquiète, Jeanine s'est avancée : « Ça va ? »

Ignorant sa question, il s'est dirigé vers la porte et, derrière lui, l'a claquée. Jeanine ayant horreur des claquements de portes pour en avoir trop entendu quand elle vivait avec son époux, a lâché malgré elle un petit « chut » avant de se retourner vers son collègue bénévole, un ancien prêtre à la retraite : « Et maintenant, qu'est-ce qu'on fait ? » Le jeune préposé au combat qui venait de quitter avec éclat le Seamen's Club de Nantes, cet homme-là s'appelait Kazimir. « Appelez-moi Kazik », précisait-il toutefois, pour échapper aux blagues éculées sur son homonyme orange, le dinosaure adulé des enfants. Kazimir était ukrainien, depuis toujours et plus que jamais depuis qu'il avait quitté le pays, à 27 ans, pour s'engager dans la marine.

Sur divers navires de commerce, il sillonnait l'Europe, parfois même la Chine, logé à l'étroit dans des bateaux immenses, où cohabitaient deux, trois, parfois jusqu'à six nationalités différentes. Parmi celles-ci des Russes, ses ennemis, qu'il fixait d'un œil torve quand il ne leur soufflait pas, entre ses dents, des invectives ukrainiennes.

« Vibliadok, avait-il ainsi susurré à l'intention d'un blond qui se servait un café, au Centre d'accueil du port.

— What did you say ? lui avait alors demandé ma mère, tout sourire, croyant qu'il s'adressait à elle.

— I've just told this fucking Russian he's a son of a bitch.

— Ah bon, d'accord » – Jeanine n'avait pas insisté.

Parfois, on menait les marins slaves à la salle informatique, pour que ceux ne disposant pas d'ordinateur portable puissent prendre des nouvelles de leurs proches en buvant une quelconque boisson chaude. Or ce jour-là, c'était le 14 février, fête des amoureux de toute l'Europe et, depuis les années 1990, de l'ex-URSS. Kazimir entendait donc parler à son épouse, à ses deux fils aussi, tous trois demeurés à Donetsk. Il pourrait peut-être, pour rire, offrir à Daria des fleurs virtuelles ? Mais sitôt que la petite blonde apparut par la fenêtre bleue de Skype, le marin oublia ses projets pour, plutôt, contempler le désastre : du mascara coulait jusque dans la bouche de Daria, qui tremblait.

« Il y a une heure un obus russe, 20 m, je cherchais du pain », apprit-elle à Kazimir, selon la traduction approximative qu'improvisait l'ancien prêtre aux oreilles de Jeanine.

« En plein centre-ville Donetsk, c'est la guerre », dit-elle encore. Puis il y eut, comme dans un mauvais film, un problème de connexion et la dialogue court-circuita : Daria disparut de l'écran, Kazimir de la pièce.

Dans ces sortes de situations, ma mère s'inquiète, un peu, assez, juste ce qu'il faut pour sentir monter l'adrénaline qu'elle est ici venue chercher. Car c'est, secrètement, pour sentir l'agitation des hommes qui manque parfois à sa cuisine que Jeanine s'est inscrite au Club de la Mer; en échange d'un peu de confort, les marins lui procurent des frissons. En l'occurrence la panique fut particulièrement courte. Dix minutes plus tard, on retrouva Kazimir, passablement calmé, qui gratifiait la rue de parfaits ronds de fumée. « Now, I want to come home and kill them all », expliqua-t-il posément à Jeanine quand elle s'enquit de son humeur. Écrasant son mégot sous sa bottine, il se remit alors en route vers l'Atlantique, avançant sans parler, entre le prêtre et ma maman.

35

Donetsk : elle se souvenait d'avoir erré dans ce paysage d'Ukraine dix années plus tôt, au cours d'un voyage avec son époux, et d'en avoir, de nouveau, entendu parler récemment – mais à quelle occasion ? Un quelconque bombardement ? Une signature de traité ? La découverte d'une voiture piégée ? Ah non, cela lui revenait à présent : on avait battu à Donetsk, l'hiver dernier, un record du monde de saut à la perche, et le nom de la ville lui était resté tant elle le trouvait, comme le sport qui faisait chez elle fureur, dynamique. Quant à l'architecture de Donetsk, quant à ses musées, à son histoire ? En restait-il quelque chose ? Dans le film de son souvenir, ne demeurait que la vision d'une Ukrainienne dans la rue, dont le visage gardait les sillons d'une acné semblable à celle de Viktor Iouchtchenko, une femme abîmée, mais dont les yeux avaient semblé à Jeanine si cristallins qu'elle n'avait pu que lui offrir ce qu'elle prévoyait pourtant de savourer pour son propre dîner – un long saucisson. Oui, s'il fallait tracer un croquis mental du voyage en Ukraine, ce serait certainement celui-là, une forme humaine courbée sur un trottoir, s'agrippant à une branche de porc et au sein de laquelle brillent deux

diamants bleus, par lesquels on regarde. Son récit d
voyage serait ce seul dessin tremblant.

C'est qu'au tourisme des pierres et des noms, Jeanine préfère celui des humains et de leurs gestes. En voyage, s'intéressant davantage aux nuques des passants qu'à leurs musées, à leur rythme d'élocution qu'à leurs professions, à leur manière d'oser regarder plutôt qu'à leurs médailles. Elle ne visita pas la Grèce pour l'Acropole, le Parthénon ou l'Olympieion, mais pour sentir le *tempo ritardato* de ses habitants, qui prennent le temps de lui offrir un yaourt, calme comme la mer. Elle ne se rendit pas en Égypte pour les trésors de Gizeh, mais pour se faire enivrer par les marchands égyptiens, volées d'étourneaux pour le touriste prostitués et qui vous assaillent de propositions d'objets. Elle ne fut pas à New Orleans pour sa cathédrale Saint-Louis ni pour Jackson Square, mais pour s'essayer à quelque rencontre moite, forcément moite, avec un trompettiste de rue, un vendeur d'amulettes, un libraire local qui n'aura jamais connu Faulkner.

Attitude que plusieurs de ses connaissances trouvent dommage, voire dommageable pour sa culture, tendance que ses amis lui reprochent. Pourquoi passer ton temps dans les cafés, dans la rue, au lieu de voir la tour de Pise, la tour Eiffel, le musée du Tapis ? N'as-tu pas les mêmes cafés, les mêmes rues, chez toi ? Non, elle n'a pas, à Rezé, les mêmes garçons vêtus de robes blanches ni les mêmes femmes aux visages eye-linés, pas les mêmes nuques dressées ni les mêmes mouvements de hanche. C'est les sentir eux, qui l'intéresse : pour le reste il y a déjà les cartes postales, il y a tous les récits des autres.

36

Le premier besoin des marins était donc religieux : « Pourrions-nous profiter de l'escale française pour aller à Lourdes ? » avait demandé Adarsh, le capitaine en second de l'équipage indien, aux bénévoles venus visiter le chimiquier *Stolt Dipper.* Puis, prenant la mesure des 591 kilomètres qui séparaient Nantes du centre de pèlerinage catholique, l'élégant Adarsh avait revu ses désirs à la baisse, se contentant de se renseigner sur l'église la plus proche, et Jeanine s'était fait un plaisir de lui indiquer, ainsi qu'à tout son équipage, sur une carte, les chemins menant aux lieux de culte nantais. S'étonnant toutefois, au passage, de la confession catholique de ces marins venus de l'Inde.

« C'est que nous arrivons de Pondichéry », s'était justifié Adarsh, se tapotant le nez. Jeanine le fixait béatement, ne comprenant pas. Pondichéry est une ancienne colonie française, avait-il alors expliqué, accentuant ses tapotements nasaux et lançant un regard si malicieux à ma mère qu'elle s'était demandé s'il n'y avait pas là quelque allusion sexuelle. Puis ils avaient bavardé religion, le temps de vider un Sprite.

Les débats religieux constituent, et de loin, les discussions préférées de Jeanine. Jamais elle ne manquerait un « C dans l'air » sur le thème du voile intégral, du *Laudato si'* du pape François ou de la difficile laïcité française. « La grande question de notre siècle est religieuse, affirme-t-elle fréquemment, s'accordant ainsi avec l'esprit du temps entre le fromage et le dessert, mais la religion est souvent financière », ajoute-t-elle, avant de glousser, éternelle voleuse de chocolat prise en faute.

Si Jeanine se définit résolument comme athée, c'est que les religions révélées ont toujours représenté pour elle un plaisir colossal. Enfant d'abord, puisque l'église était, à côté de la maison où il fallait travailler et de l'école où il fallait apprendre, le lieu par excellence des loisirs. Jeanine regorge d'anecdotes à ce propos. Il y a les sacs de billes que l'on faisait rouler durant la messe pour ennuyer le curé et il y a les crottes fraîches déposées sur les premiers rangs de l'église réservés aux plus fortunés des catholiques, afin de ridiculiser le grand bourgeois. Il y a aussi les classiques : les punaises abandonnées sur la chaise du prêtre, les cerises dérobées dans son jardin et les prières ressassées jusqu'à faire rimer catholique et colique. Adulte, ne pouvant supporter que l'on transforme le mystère que représente Dieu en usine à fabriquer des certitudes, ma mère s'est éloignée du divertissement que représentaient les missels et les cathédrales pour se rapprocher du loisir que constituait la critique religieuse. Là encore, mille petites histoires : la révélation du mariage probable de Jésus avec Marie Madeleine, le procès pour pédophilie du prêtre Edward Pipala, les détournements de fonds du prétendu abbé Guérin et, évidemment, l'essor des attentats terroristes à revendication islamiste. Chaque jour possédait sa nouvelle friandise critique, son anecdote complotiste, son assassinat de Dieu. Toutefois si Jeanine trouve du plaisir à moquer l'hypocrisie des religions officielles, du culte communautaire, elle ne respecte rien tant qu'un croyant miséricordieux, individuel et pieux. Surtout s'il est marin.

« Votre épouse est-elle très croyante aussi ? demanda-t-elle poliment à Adarsh, qui venait d'évoquer son mariage catholique, contracté à Chennai trois ans plus tôt.

— Plus encore que moi-même, assura-t-il en riant.

— Alors elle prie sûrement pour vous, quand vous naviguez comme cela... »

Adarsh sourit et se tapota de nouveau la narine gauche, comme s'il voulait en faire tomber du sucre, puis développa : son épouse faisait mieux que prier, elle lui envoyait des signes. Ah, des signes. Des signes qui lui arrivaient dans le nez ? ironisa Jeanine. Adarsh cessa alors ses tapotements pour la toiser avec l'œil rusé de ceux qui ont un coup d'avance.

« Non, des signes en forme de petites bénévoles brunes... »

Il fixa Jeanine, articulant doucement :

« ... avec qui je discute de l'Église catholique, quand je suis en escale. »

Décontenancée, Jeanine produisit l'un de ces gargarismes agités qui sont censés cacher nos gênes, bafouilla un mot d'esprit puis, craignant qu'il s'agisse là d'une drague de goût douteux, s'empressa de prendre congé du capitaine en second sous prétexte qu'un autre bateau attendait la visite des bénévoles.

« À bientôt, madame », fit Adarsh à Jeanine, qui répondit d'un signe neutre de la main.

De retour dans sa cuisine, le soir, ma mère feuilleta son numéro de *Marianne, Pourquoi les religions les rendent fous ?* avec un peu moins d'ironie qu'à l'accoutumée, avala nerveusement deux yaourts qu'elle regretterait, puis, dans son lit, avant que Morphée ne l'étreigne, se surprit à adresser à Adarsh une petite (« oh, toute petite ») prière.

37

Entre deux rencontres avec Daech, les mariages forcés des Ukrainiens et la guerre de Damas, il arrive à Jeanine de croiser d'anciens élèves, souvenirs incarnés de ses années d'enseignement. Si ces élèves avaient un niveau scolaire médiocre, ils l'ignorent ; s'ils étaient bons, ils l'abordent ; et s'ils étaient cancres sympathiques, ils lui sautent presque dessus, ma mère ayant toujours cultivé une tendresse spéciale à l'endroit des *mauvais élèves intelligents*, les choyant. C'est leur humour qui l'attire : des blagues grasses et spontanées, aux antipodes de celles des élèves doués semblant avoir sué dessus comme sur des équations compliquées. Aux yeux de Jeanine, les *mauvais élèves intelligents* cultivent en somme l'élégance de n'avoir pas à démontrer une perspicacité d'autant plus réelle qu'elle n'est pas ostentatoire. Parmi eux, un certain Frédéric, Allemand pourvu d'un visage de poupon à qui elle enseignait l'anglais vers la fin de sa carrière. Ce dialecte d'outre-Manche, il en avait la maîtrise malheureuse, mais Jeanine admirait secrètement son aisance en allemand, soit l'une des langues européennes à laquelle elle n'avait jamais touché, par aversion spontanée envers les physiques germains, déjà évoquée dans ces pages, mais aussi par répulsion pour l'agressivité induite par les consonnes multiples du *Deutsch*, dont elle a toujours refusé d'admettre qu'elles pouvaient avoir le charme que je leur attribue pour ma part. Toutefois, en dépit de cette répugnance instinctive, Jeanine semblait vouer une admiration intellectuelle profonde aux germanophones en général (« Quand même, pouvoir lire Nietzsche et Kant dans le texte ! ») et à ce Frédéric en particulier (« Un petit bourgeois, blond, qui n'a pas dû être assez aimé… »).

Elle le croise justement, trois ans après qu'elle a pris sa retraite, près du Carrefour de Rezé. Il la salue d'un étonnant et étonné « Eh, madame », puis, chose qui n'arrivait jamais, Jeanine refusant que l'on mélange le privé et le professionnel, ils décident, ensemble, de prendre un rapide café, pour se donner des nouvelles, d'ancien élève à ancien professeur. Quand, le soir, ma mère me raconte cela au combiné, je lui demande d'un bref message ce qu'est devenu Frédéric, que j'avais fantasmé en nietzschéen surdoué quand, au lycée, les personnages peuplant les classes de ma mère hantaient en retour mon imaginaire d'enfant unique. « Figure-toi qu'il porte la barbe, maintenant ! » s'exclame alors Jeanine sur mon répondeur, comme si elle m'annonçait que le petit Frédéric avait été promu ministre de l'Intérieur avec ce que cela implique de stupéfaction – puis de me décrire l'énormité de cette barbe, une forêt miniature où ne passent visiblement ni agent d'entretien ni garde forestier, une sylve sale et laissée à l'abandon si bien qu'on pouvait y repérer des traces d'anciens pique-niques, prises de cigarettes ou passage du temps condensé en poussière, « c'était cracra », ponctue Jeanine.

Quelles tragédies intimes avaient bien pu inciter Frédéric à laisser pousser une telle barbe ? Lui qui, quand elle l'avait vu pour la dernière fois quatre ans auparavant, affichait encore des joues imberbes bordées d'un teint laiteux, qu'il caressait évasivement durant les examens. Quels drames intérieurs avaient bien pu le conduire à troquer sa peau lisse contre ce duvet sale et râpeux ? Quelles remises en question, reconnaissances des torts, contestations introspectives, l'avaient amené à se retrouver dans cet état physique-là ? Car ce n'était pas seulement la barbe ; il y avait aussi la couleur des lèvres, il y avait surtout le regard. Le vin avait tatoué sa bouche, et Frédéric semblait revenu de la guerre. Avait-il vu des crânes d'enfants heurter le sable et le goudron ? Avait-il assisté à l'explosion de chair d'un boucher afghan ? Avait-il enregistré le dernier souffle de sa mère ? Avait-il enduré la faim, le froid ? Non, sur sa vie Frédéric semblait définitif : en vingt-deux ans, il n'avait jamais quitté l'appartement bourgeois de ses parents, que pour quelques nuits, une vacance ou deux. Jusqu'ici, il avait persisté dans la région de Nantes. Rien n'avait changé. Était-ce alors d'avoir traversé une épreuve sentimentale douloureuse ? Une rousse aurait fui avec son innocence… Un ami disparu emportant des souvenirs déguisés en livres prêtés, en arpèges partagés… Mais ici encore, Frédéric s'obstinait : tout était toujours à sa place, même dans son cœur rien n'avait été déplacé.

Ils continuèrent à bavarder une demi-heure, sans qu'aucune substance vienne se mêler à leur échange :

il était impossible de percer Frédéric à jour, impossible d'en arriver à une quelconque problématique qui soit sienne, ni dans le champ de l'introspectif, ni dans celui du politique, pas plus dans le domaine du scientifique que dans celui du poétique. À l'avancée de la farandole de questions lancées par ma mère, Frédéric opposait un systématique mur d'anecdotes vagues, d'ironie molle. Si bien qu'à force de fixer sa barbe sale, ses yeux d'ennui et ses phrases conçues pour être répétées, ma mère en vint à s'interroger : la seule tragédie que le garçon eût jamais traversée n'était-elle pas celle de son immobilité ?

38

Pour que soit accepté son corps délicatement rond, il eût fallu ériger une mythologie de la pulpe au sein de laquelle ses formes pouvaient s'insérer. Son ventre généreux et ses pieds enfantins, pour acquérir une valeur esthétique, auraient nécessité que l'on ait en tête les nus de Fragonard, de Watteau ou de Boucher, les jeunes filles de Jean-Baptiste Greuze, que l'on songe à cette femme-enfant à la cruche cassée ou – sa préférée – celle à l'oiseau mort, la jeune fille à la peau de lait éplorée devant son canari décédé. Sur les murs de sa chambre, sur ceux de sa cuisine, elle aurait pu afficher des reproductions de ces toiles, attendant qu'un visiteur, un spectateur, se laisse hypnotiser par leur pouvoir de persuasion. Par la diffusion de peintures du dix-huitième, Jeanine aurait pu défendre l'éloge de sa propre chair. Dire « je n'ai pas de formes en trop, non, je rayonne d'une beauté anachronique ». Pour peu que l'on troque la mythologie des magazines contre celle des toiles, Jeanine aurait pu jouir de la grâce des anciens. L'érotisme de sa poitrine abondante abondait : pour en jouir il n'eût été que de délier, historiquement, notre imagination. Ce que son humilité native lui interdisait mais ce que ne manqua pas de faire mon père, Dieu soit loué, quand il la rencontra, la comparant notamment à l'une des héroïnes de Rubens, la Vénus du *Jugement de Pâris*, qu'il n'avait vue qu'une fois, sur l'étendue minime d'un écran, mais qu'il se complaisait à imaginer pareille à ma mère, pour redonner de la confiance à cette dernière et avoir, quant à lui, l'impression de faire l'amour à un tableau. Lors de leur premier rendez-vous, paraît-il, il lui avait demandé si, comme dans les musées, il lui était interdit de la toucher. Le visage de Jeanine, œuvre de Georges de La Tour improvisée, s'était alors illuminé.

39

Il avait aussi dû avoir envie de la briser, comme il lui était arrivé de désirer briser le cou des chiens et celui des bouteilles, comme il semblait parfois vouloir se briser lui-même, et n'était-ce pas d'ailleurs ce qui le rendait touchant, cette façon de rouler à cent trente sur des routes à double sens, de s'attaquer à une pavlova aux fraises en dépit de son diabète, de s'évertuer à nager, brasser, crawler, s'épuiser même au loin sous la tempête ? Était-ce cette témérité, ce gène du risque, qui avait ravi ma mère au point qu'elle l'épouse ? Est-ce que sentir le danger, déjà, lui donnait du plaisir ?

Difficile de concevoir, une fois ses parents séparés, la passion qui fut la leur au moment de vous engendrer. Comment deux personnes qui ne se portent, aujourd'hui, qu'une amicale indifférence, deux entités dont l'emboîtage semble aussi impossible que celui d'un rond dans un carré, comment ces deux individus contraires ont-ils pu, un jour, fusionner ? Se mettre à la place de ses propres parents la nuit où, faisant l'amour, ils engageaient votre vie, se mettre à cette place a quelque chose de dérangeant, d'impudique, c'est, rétrospectivement, glisser son œil par la serrure pour regarder père et mère faire trembler les draps – cela ne se fait pas.

Et pourtant, cela se fait. Surtout s'il existe quelque part le journal intime de leur amour naissant, et surtout si ce journal, par vos parents propres, vous est un jour offert.

Les Aventures à bord du Windarra est le titre du récit de cette sorte qu'initièrent les miens en 1990, neuf mois avant ma naissance. Ce journal, alternativement rédigé par Jeanine et mon père, narre une ardente traversée de la Méditerranée à bord d'un motor yacht devant être ramené dans un port du sud de l'Espagne, dans le cadre d'un guet-apens tendu par la douane française (à laquelle mon père appartenait) afin de démanteler une organisation internationale de trafiquants de drogue. D'une part, le romanesque du périple et les frissons d'être enrôlé dans une mission qui vous dépasse. De l'autre, le romantique du récit, et les frissons d'être engagé dans une relation qui vous déborde.

Le fait d'accéder à ces sortes de monologues intérieurs, respectifs et croisés, incite à l'empathie ; ce fut pour moi l'intime compréhension de ce qui, à l'époque, unissait mes parents ; ce fut aussi l'intuition de ce qui, à terme, les séparerait. Avant même que je naisse, et alors qu'ils ne se connaissaient que depuis quelques mois, on trouve déjà, chez mon père, un agacement face à la sainteté sans bornes de sa future épouse, et chez celle-ci, un désespoir face à l'infini hédonisme de son amant. Certes, ils s'amusent ensemble de l'achat de deux shorts disco au supermarché Mammouth de Perpignan, les voilà complices en écoutant les conversations de leurs voisins de crêperie ou témoignant de leurs instants intimes aux W.-C., mais il y a toutefois, dans les piques qu'ils s'adressent déjà l'un à l'autre une page sur deux, quelque chose annonçant leurs désaccords de fond. Ceux qui finiront par les séparer définitivement. Leurs couleurs s'amusent d'être mélangées, mais jamais ne s'accordent. Et plusieurs fois, au cours de la lecture, de voir ces couleurs si discordantes être mises côte à côte, les yeux m'ont piquée.

Il y a pourtant cet épisode où, le moteur du yacht en panne, Jeanine part à la recherche d'un réparateur sur une île. C'était il y a vingt-cinq ans, mais mon père la décrit déjà comme aimantée par tous les étrangers qu'elle croise, se dirigeant vers les Maghrébins et vers les Italiennes, se précipitant vers ce qui lui ressemble le moins.

Quand elle finit par dénicher un connaisseur du moteur marocain, et qu'elle l'embarque sur le bateau, mon père la détaille, dans son mini-short, qui se penche et qui se redresse, qui virevolte et qui enjambe. Il écrit *la garce* ou *la coquine*. Il évoque la plénitude de ses seins, cachés aux yeux du Marocain qui, lui, lorgne sur son cul moulé. Jeanine, dans ce texte, dégage en somme une sensualité que je ne lui ai jamais connue. S'il le pouvait, son futur époux lui briserait les hanches sur le tas. Car non seulement le désir l'étreint, mais celui-ci le violente – et si brutales soient ces phrases, je les aime de me faire sentir une passion paternelle dont jamais, sans elles, je n'aurais eu l'intuition.

40

Mais le sien, le désir de ma mère, en a-t-on trace quelque part ? Peu dans ses actes, du moins, la libido semblant s'être évaporée de son corps en même temps que son mari et sa fille de sa maison, à peu près au moment de la ménopause d'ailleurs. Paraît-il que certains corps de femmes – est-ce naturel ou mentalement construit ? – se rétractent, se referment, se barricadent, et Jeanine semble avoir clos la porte de ses désirs sexuels et amoureux à ce moment-là – du moins si l'on y regarde de loin. De près, c'est autre chose ; on s'aperçoit que subsiste chez ma mère une sorte de désir par procuration qui passe par l'observation des tendresses d'autrui, et Jeanine aime à décrire la manière dont ces deux vendeurs chez Lidl, par exemple, l'autre jour, non mais te rends-tu compte, se tenaient la main et se trituraient l'élastique de la robe au rayon céréales, celui-là même qui est trop vaste et la répugne d'ordinaire car elle ne voit, à l'intérieur des boîtes en carton, qu'un amoncellement de petits carrés de sucre nocifs, sauf en cette occasion, donc, celle où, grâce à deux employés tourtereaux, le sucre trouve tout de même à l'attendrir. Car il s'agit de la glycémie de l'amour et bien qu'elle n'y ait elle-même que très peu goûté, faute d'opportunités, cette friandise l'attire, réveillant en elle quelque gourmandise secrète dont elle vous montre rapidement, au détour d'un sourire ou d'une intonation rose, la cachette d'espérance, avant d'aussitôt la refermer. Comment ? Ce sera par une réflexion manichéenne, se voulant lucide et définitive à la fois – un *oh l'amour des débuts, ça ne dure pas*, un *ce n'est plus de mon âge, je suis très bien toute seule*, ou encore un *allez tout passe, ces jeunes amoureux souffriront* –, tour de passe-passe castrateur visant à clôturer ses pulsions désirantes, comme si par la revendication d'une solitude autosatisfaisante, de même qu'on ne fait pas grief à un gros homme repu d'un déficit d'appétit pour le dessert, elle cherchait à se couvrir, prévenant toute tentation et toute déception passée, présente et à venir.

(Elle inspecte des photos de son ancien époux sur Internet, son mari au milieu des femmes et des filles, des cocktails et des armes : « Il n'a visiblement pas cessé de vivre », et avec un sourire triste elle retourne à la cuisine, se servir un (« oh petit ! ») verre de gabelou en finissant la préparation du repas. Étrange de se faire à l'idée que les gens que nous ne voyons plus continuent à vivre, et très bien, et qu'ils ont leur monde, qui n'est pas le nôtre, et que nous n'avons plus moyen de les contraindre à nous donner de leurs nouvelles ; ils se sont détachés, nous sommes nous-mêmes détachés, bref les fils d'araignée qui nous reliaient ont été éprouvés, si étirés qu'ils ont fini par s'effilocher, comme la gomme mie de pain, quand on l'étire, ne rompt pas mais se disloque, et si clairvoyants, si télépathes que nous ayons été, nous sommes désormais aveugles l'un à l'autre, sans que ce soit tragique pour autant, non, la plupart du temps nous rions.)

41

Arrive ce moment où, les sentiments nobles me lassant, se profile un désir de violence, une tache de sang sur le tissu immaculé des histoires maternelles, et je me surprends à chercher, chez Jeanine, quelques vices majeurs que je pourrais décrire en des termes brutaux, enfin un peu de bagarre – puis je me souviens que ces vices, chez elle, paraissent ne pas exister.

Peut-on en vouloir à quelqu'un de n'en vouloir jamais à personne ? Pour qui n'est pas sage lui-même, il y a quelque chose d'insoutenable dans la sainteté de l'autre, comme il y a, pour l'orgueilleux, du détestable dans la modestie, pour le sédentaire quelque dégoût vis-à-vis du nomade. Une Canadienne, avec qui Jeanine s'était liée d'amitié au cours d'une leçon de peinture pour artistes du dimanche, lui portait ainsi cette sorte de rancœur cachée. Brenda, de dix ans la cadette de ma mère, avait quitté Ottawa cinq mois pour tôt pour s'installer en France, suivant ainsi la mutation de son mari. Son français avait du charme : elle employait des expressions comme « chauffer dans la noirceur » (conduire), « à la revoyure » (à la prochaine) ou « avoir du guts » (avoir du cran), qui ne manquaient pas de ravir Jeanine, toute disposée qu'elle est, on l'aura compris, aux bigarrures lexicales. Naturellement, les deux femmes s'installaient côte à côte durant les cours du mardi soir. Entre deux coups de pinceau concentrés, elles bavardaient.

Les vendait-elle, ses tableaux ? avait un jour demandé Brenda à Jeanine, désignant du doigt le paysage breton aux couleurs trop vives que ma mère achevait de composer et qu'évidemment elle ne vendrait pas, trop timide pour apposer un prix sur ce qu'elle avait toujours considéré comme des *croûtes récréatives*, d'une part, et trop heureuse de pouvoir offrir ces dites croûtes à des proches, d'autre part.

Brenda s'était étonnée, un zeste d'indignation dans la voix, que Jeanine ne cherche pas davantage à s'enrichir. « C'est que tu ne dois pas en avoir besoin », avait-elle conclu, un peu triste ou un peu mauvaise, ma mère n'étant pas parvenue à déterminer la valeur de son expression. Brenda lui avait ensuite expliqué comment elle pratiquait, elle-même, la vente virtuelle. Il y avait des sites pour ça, des sites qui fonctionnaient très bien. Ma mère, jusqu'au terme de la démonstration, avait prêté l'oreille. Puis elle s'en était allée laver son pinceau.

Au cours de la leçon suivante, elles avaient évoqué leurs expériences personnelles de l'exil. Avant de s'installer en France, Jeanine avait transité aux États-Unis. La Canadienne, en Grèce, non loin du mont Olympe. « Le plus difficile à apprendre, à l'étranger, ce n'est pas la langue, c'est le paysage », avait affirmé Brenda en débouchant un tube de gouache. La phrase étant belle, ma mère s'était empressée de l'inscrire sur un post-it rose, pour l'ajouter aux mille citations qui ornaient déjà son frigo. Aussi, chaque fois qu'elle cherchait la confiture, Jeanine retombait sur les mots de Brenda et, comme il arrive avec les phrases qu'on lit cent fois, ces mots avaient fini par devenir intimes et émouvants. Que le post-it fût bientôt taché de beurre n'y changea rien, la phrase de Brenda représentait désormais, pour ma mère, une vérité du quotidien.

Une après-midi, au goûter, une idée vint à Jeanine. Elle peindrait, pour apaiser l'exil de Brenda, un paysage local. À l'arrière-plan, un coucher de soleil sur le port de Nantes. Au premier plan, une femme rousse et longiligne, coiffée d'un chapeau. Le modèle fut vite trouvé, sur une des cinq cents cartes postales que ma mère gardait à portée de main, et pendant trois jours, Jeanine s'attela à la tâche. Au quatrième, un lundi, et bien qu'il manquât à la femme du tableau les traits du visage, elle décida que l'œuvre était achevée. Dès le lendemain, elle l'offrirait.

Recevoir un cadeau n'est pas facile : un présent qui plaît peut engendrer une gênante exubérance, un cadeau qui déplaît, un enthousiasme forcé. Brenda fut, quant à elle, d'une exemplaire sobriété. Par émotion, peut-être ; par malaise, certainement. Par oubli de la réflexion sur les paysages qui avait motivé le geste de ma mère, surtout. « Merci, Jeanine », se contenta-t-elle de dire quand, à la fin du cours, cette dernière lui remit avec excitation sa toile. Déçue, mais, n'est-ce pas, respectueuse des réactions de chacun, Jeanine rentra chez elle sans joie ce mardi-là. Dieu soit loué, « C dans l'air » avait pour sujet la chrétienté et la soirée fut, donc, source de palpitations.

Après quoi les jours passèrent, sans que ma mère eût envie d'entamer de nouveau tableau. Elle rata le cours suivant, embourbée qu'elle était dans des affaires de locations, et puis encore celui d'après, cette fois sans prétexte, sinon un manque d'émulation. Trois semaines plus tard, toutefois, une émission télévisée sur l'art lui redonna le goût de l'aquarelle.

« Tu pourrais me prêter le paysage que je t'ai offert ? », demanda-t-elle à la Canadienne après qu'elles eurent, comme au bon vieux temps, lavé ensemble leurs pinceaux en début de séance. Comme Brenda piquait un fard, Jeanine précisa en riant : « Je vais pas le reprendre, rassure-toi, je voudrais juste finir les traits du visage. »

À ces mots, la tension qui s'était emparée de ceux de Brenda s'intensifia tant que Jeanine eut l'impression d'avoir annoncé à sa copine qu'elle venait de découvrir sa liaison cachée avec un militaire afghan. « Ça ne va pas ? » s'enquit-elle. Et ici, Brenda ne put faire autrement que révéler à ma mère l'offense. Pensant qu'en lui offrant sa toile Jeanine voulait s'en débarrasser, elle avait revendu le cadeau sur internet. Pat78 était désormais le détenteur du paysage nantais.

« Ah répondit Jeanine, sans violence. Ce n'est pas grave », ajouta-t-elle. Puis elle trempa son pinceau dans le cyan et entreprit de peindre un nouveau ciel.

42

J'ai blessé ma mère. Au café, je la fixe qui détourne le regard pour empêcher ses yeux de s'embuer. J'absorbe les détails de sa tristesse : ses yeux jaunes qui rougissent, les rides sous ses cheveux mal coupés, tant de sillons sur son visage, de routes émotionnelles parcourues et restées là, au-dessus des lèvres minuscules qu'elle empêche de trembler de ses doigts pleins de corne. Ce qui me marque le plus, c'est la valise à côté de ses baskets, cette lourde valise qu'elle trimballe toujours quand elle vient me voir, cette valise qu'elle charge trop (mais pourquoi ?) sans jamais trouver l'occasion de la vider. Ma mère a toujours reniflé sans bruit. Comme son regard persiste à m'échapper, je prends sa main et lui demande pardon, la prie de parler plutôt que de pleurer, lui répète – sans trop y croire et sachant qu'elle n'en est pas plus dupe que moi – que je suis désolée, désolée, que je ne voulais pas la blesser. Pas de manières entre nous : elle dit d'accord et me laisse l'agripper sans bouger. Elle ne m'en veut pas, ne m'en veut jamais, et je ne lui en veux pas non plus de ne pas m'en vouloir. Nous nous acceptons. Ici, je lâche donc sa main, qu'elle replie contre son petit ventre mou, et sans parler, nous recommandons deux cafés. Quelques minutes passent au son des poids lourds d'été qui polluent l'avenue de la Chapelle. Un couple s'engueule en surplomb d'une poussette. Le patron du café me lance un regard libidineux et met le jukebox en branle. Je sors donc mon portable, m'apprêtant à passer à autre chose, quand ma mère se décide enfin à me dire, à me préciser, qu'elle ne m'en veut pas tu sais, qu'elle ne m'en voudra jamais ne t'inquiète pas, que je n'ai rien fait de mal, que c'est juste que nous n'avons plus rien à nous dire, que le temps qui passe est une chose cruelle, que nous n'habitons plus ensemble et que nous ne savons plus comment nous y prendre pour communiquer, qu'elle voudrait comprendre ma vie mais sent bien qu'elle ne le peut pas, que mes phrases compliquées l'ennuient, que ses opinions trop rapides me fatiguent : que je suis sa fille et qu'elle est ma mère ; que nous sommes deux étrangères. « Tu as vu, c'est rigolo, je le recopierai », glisse-t-elle alors doucement, désignant du doigt une moderne pancarte au-dessus du comptoir : « Je ne cours pas, ça fait sauter les glaçons dans mon verre. » Dans une tendresse pénible, on se sourit, comprenant mieux que quiconque que nous ne nous comprendrons jamais tout à fait. Elle me caresse la main et me donne de l'argent pour payer.

43

La table de la chambre où elle travaille à Rezé est, elle aussi, jonchée de feuilles volantes gribouillées de tous les bons mots qu'elle a interceptés à la radio, capturés sur des images cathodiques : elle collectionne les traits d'esprit des médias comme d'autres les papillons, les attrapant en plein vol quand ils jaillissent sur les ondes, les écrans. Elle recense les trouvailles méthodiquement, majuscules pour les mots simples, minuscules penchées pour les longues phrases, puis elle les laisse là, sur des post-it solitaires, à détacher, à déplacer, sur le frigo, l'ordinateur, la commode.

Il y a, au fond, un penchant littéraire dans ce désir de lister les mots qu'elle aime, d'isoler le langage ordinaire de son flux quotidien, de découper du texte dans le flot du discours pour l'insérer dans un contexte au sein duquel il se manifeste comme différent. Comme avant elle Gogol trouvait sublime la liste des vêtements du tsar, le poète Viazemski les cartes des vins, Pasternak, celles des indicateurs de chemins de fer, Jeanine a les post-it poétiques. Et pourtant, si elle déplace ses carrés de papier jaunes et bleus, elle ne les relit jamais. Semblable à ces bourgeois dont la présence d'un pléiade de Proust garantit la tranquillité du salon, et qui n'ont pas pour cela besoin de le feuilleter, simplement d'en connaître la présence, Jeanine garde ses listes de bons mots à ses côtés – cela suffit à l'apaiser.

44

Il paraît que toute collection gravite autour d'une pièce absente, et qu'on ne collectionne jamais les mots, les visages, les voix que pour soulager l'angoisse de ne pas trouver celui qui nous manque. Est-ce être à la recherche du parfait mécanisme de la joie qui incita Jeanine à collectionner, humblement, les automates rieurs ? J'ai écrit *humblement* : c'est que rien, dans la collection de ma mère, n'est semblable aux automates d'art d'un Robert-Houdin ou d'un Jaquet Droz, il n'y a aucune reproduction du *Canard digérateur* de Jacques de Vaucanson, pas plus que du *Voltigeur au trapèze* ou de *L'Orchestre de singes*, pas la moindre reproduction des beaux objets exposés dans les musées de Neuilly, ceux d'Amboise, dont elle n'a d'ailleurs jamais entendu le nom. Il y aurait bien, si l'on insiste, une miniature du *Pierrot lunaire jouant de la harpe sur un croissant de lune et tirant la langue*, mais celle-ci, ayant été récupérée dans une pochette-surprise qui m'était destinée en 1997, ne fonctionne déjà plus – et le plastique sent mauvais. Non, les automates de Jeanine ont été collectés dans des Happy Meal et des brocantes de campagne, au Campanile Valence de l'autoroute A48 et sur une route de Zanzibar, où des enfants criaient sans bruit.

Dans une pièce aux murs pervenche, elle en a rassemblé cent trente, des automates de fortune bigarrés qui, déclenchés de concert, formeraient une scène d'exception dans un Kubrick sur l'enfance. Il y a le singe africain exécutant ses saltos arrière et le clown McDonald déambulant jambes et sourire tordus au rythme d'une musique qui dissone avec le temps. Il y a les deux jumeaux alsaciens, un garçon et une fille qui se tournent autour, incestueux, se collant le regard et les mains. Il y a le chien hystérique et galeux, qui fatigue même les enfants à tant s'acharner dans l'aboiement. Et puis il y a le préféré de Jeanine, un père Noël obèse qui produit d'intenses bulles en ronflant.

L'attrait de Jeanine pour ce gadget, qu'elle brandit volontiers aux apéritifs pour amuser les invités, peut avoir quelque chose de gênant. J'ai parfois senti un malaise, de la part des amis de ma mère confrontés à son amour pour les guignols mécaniques. L'enthousiasme d'une sexagénaire pour des peluches aptes à cracher du liquide à vaisselle, tournoyer sur elles-mêmes et entonner des comptines d'enfants, cet enthousiasme-là avait à leurs yeux quelque chose d'embarrassant.

« Embarrassant », terme à la mode en ce début de siècle, génère en moi l'image de deux femmes botoxées qui, face à un clown blanc, se lancent un regard sceptique, sourcils relevés. Ce qu'il y a d'attristant, dans l'adjectif « embarrassant », c'est sa fonction normative, sa valeur de négation – ne dit-on pas généralement d'une chose qu'elle est embarrassante pour éviter d'avoir à penser le malaise qu'elle suscite, pour évacuer son étrangeté ? Condamné pour obscénité, l'humoriste Lenny du film de Bob Fosse éponyme prie le juge de son procès de le laisser interpréter son numéro devant la cour, afin qu'on le juge avec âme plutôt qu'avec principes. Et si la justice, devant l'« embarrassant », ne pouvait retenir son rire ? Une assemblée d'hommes en noir s'agitant sur leurs chaises de bois, hilares, ça aurait de l'allure. Ça n'en aura pas. Le juge non seulement refusera le numéro de Lenny, mais condamnera l'homme pour « outrage à la cour », sans l'avoir comprise. Ironie de sourd.

De même face aux inclassifiables excentricités de Jeanine – sa cuisine rose mêlée à un amour des réfugiés syriens et des pères Noël ronflants –, j'ai vu des personnes de tout âge se crisper. Après la première étrangeté, la première blague non consensuelle, n'entendant plus le numéro de Jeanine, traquant ses outrages à la cour. Ainsi de Chloé, cette amie d'enfance dont les parents ingénieurs possédaient une garde-robe aussi noire et blanche qu'un film de Philippe Garrel, interdite et pincée devant les doudounes mauves à fourrure de ma mère. Ainsi également d'Hortense, collègue de l'établissement où travaille Jeanine et perplexe face à ses rendez-vous *avec tous les musulmans du coin*, qu'elle préfère elle-même éviter, *par principe*.

Dernièrement, cela a été plus loin. Des voisins *embarrassés* par les liaisons étrangères que Jeanine entretient chez elle ou pas loin, en tous les cas trop près de chez eux, sont venus frapper à sa porte pour lui asséner ses quatre vérités, lui rappeler qu'ils s'étaient toujours sentis protégés dans cette impasse, et que ce n'est pas avec ses réceptions farfelues que ça allait changer. « Le père Noël qui ronfle passe encore, mais qu'elle ne nous ramène pas d'autres automates, sinon ça risque de mal aller. » Jeanine a écouté les critiques des amers sans tiquer, puis elle a refermé la porte, se gardant bien de promettre.

« Oh, je m'en fiche de ce que les gens pensent », soufflera-t-elle plus tard, se fabriquant en vitesse ce masque d'indifférence provisoire que je lui connais par cœur. Puis elle reportera son rendez-vous du lendemain avec l'Italienne ou le Syrien, et, l'estomac brouillé, elle ira se coucher.

45

Manipulation : ne vous laissez plus faire !, *Mais t'as-tout-pour-être-heureuse !*, *Aimer sans tout permettre*, *Initiation à l'union conjugale.* Il y a tant de manuels psychologiques dans la bibliothèque de ma mère, tant d'ouvrages aux couvertures criardes et attrape-cœurs, tant de livres que j'ai toute mon enfance perçus passivement, comme des éléments quelconques faisant partie du décor plutôt que des signes qui font sens. À bien y regarder, le bureau de Jeanine est le paysage d'une confiance en soi dévastée mais, si je le sentais, longtemps je n'en sus rien.

Tout apprendre des autres, ne jamais parler de soi : la devise qui régissait la vie de Jeanine, jeune, l'aura menée à quelques absurdes extrémités, comme ce jour où, persuadée qu'elle était d'avoir raté son examen de licence d'anglais, elle n'alla pas même consulter les résultats de juin pour, plutôt, se rendre directement aux rattrapages de septembre après avoir passé son été à réviser. Arrivant dans les couloirs du centre d'examen, une connaissance l'interpelle : au fait, bravo pour tes résultats. Et Jeanine de découvrir qu'elle avait en ce funeste mois de juin été reçue. Avec mention.

Je ne peux m'empêcher d'en vouloir, tout en sachant que c'est un tort, à ceux dont la confiance en soi ne faiblira jamais. Ces individus nés avec un moteur turbo dans le cœur, qui bondissent de réussites institutionnelles en succès professionnels, alternant entre dîners à adrénaline sociale et orgueilleuses retraites de travail. Ces surfemmes, ces surhommes sont les incarnations des modèles qu'on trouve dans les livres de développement personnel : ils gravissent sans crainte et s'ils chutent, se relèvent. Ce n'est pas la jalousie qui me mine, puisque de l'extérieur il se pourrait même que je ressemble à ces pantins de l'assurance, non, je leur en veux pour ma mère, songeant au regard dur que ces vainqueurs portent à leurs admirateurs silencieux, plus incertains.

Or s'il est bien une langue qui m'est toujours apparue être celle de la confiance en soi, à moi et à ma mauvaise foi, c'est bien la langue espagnole. L'espagnol, langage pétri d'accentuations toniques, de consonnes sonores et d'affriolantes « jotas », langue bien pendue qui claque dans les rues le soir, qu'on distingue aussi bien que sur les pavés les talons. Il est en ce sens étonnant que ma mère ait désiré apprendre, jeune, le castillan. Surprenant que cette timide jeune fille puisse avoir été attirée par le pays du chorizo et des dîners de nuit, de la corrida et du surréalisme de Dalí. Il est en revanche plus compréhensible qu'à 25 ans, admissible au Capes d'espagnol, elle ait refusé de se rendre à l'oral, « je ne le mérite pas, je ne serai pas à la hauteur. »

Son frère, pourtant, lui montra qu'elle l'était : il s'était rendu, en BMW, en bas de la fenêtre de l'immeuble où logeait ma mère, et avait hurlé son nom jusqu'à ce que, du cinquième étage, elle ouvre la fenêtre. « Tu vois que tu es à la hauteur ! » avait-il crié quinze mètres sous elle, faisant ainsi preuve d'un humour louche avant d'ajouter que, maintenant, on y allait à cet examen. Et dix minutes plus tard, Jeanine buvait deux gorgées de whisky dans la BM de son grand frère, bien décidé à la conduire de force devant l'examinateur. Ce dernier lui administra sans tarder la note de 16 sur 20, « bien méritée ».

Un dernier mot sur le mérite et la confiance : depuis que j'écris ces pages s'accroît ma toute banale conviction que chaque vie, même et surtout la plus anodine en apparence, vaut d'être écrite et pensée ; chacun de ceux qui ont honnêtement traversé ce monde est digne qu'on lui construise, à tout le moins rétrospectivement, une destinée, et non seulement car celle-ci confère du poids aux gestes, mais aussi parce qu'elle renseigne sur la manière dont chacun, mis en confiance, peut être aimé. Il nous faudrait écrire un livre sur chacun de nos proches, pour apprendre, au gré des pages, combien, comment, nous les aimons.

46

« Moussa ne m'a jamais posé aucune question, me faisait remarquer Jeanine un soir, une pomme de terre à la main ; aucun ne m'a d'ailleurs jamais posé aucune question », ajoutait-elle, sans plainte ni reproche dans la voix, sur le simple ton du constat, avant de s'arrêter pour pétrir le légume, comme il se doit, puis de reprendre : « À la fois, ils ont raison : qu'est-ce que je pourrais bien avoir à leur raconter ? », et souriant, elle s'empara d'une seconde pomme de terre et la fit sauter dans sa paume, pareille à quelqu'un qui s'apprêterait à jongler. Certaines personnes semblent avoir, dans l'enfance, connu une altération du conduit auditif si bien qu'ils ne parviennent jamais, dans le sport oral, à laisser l'autre jouer ; lorsqu'ils acquièrent une renommée médiatique, ils deviennent généralement prisés du grand public, saturant les plateaux télévisés, s'exprimant et s'exprimant encore, sans, en retour, ne jamais imprimer. Jeanine adore ces figures sourdes et bavardes à la fois. Elle loue le bagout des journalistes culturels, admire la force de castration des animateurs de France 3 ; elle s'extasie devant ces polémistes maîtrisant l'art de couper la parole, et se sustente des disputes de plateaux comme le spectateur romain du combat des gladiateurs dans l'arène. L'orgueil l'impressionne. Si bien qu'elle s'amuse de ses invités de Syrie, du Maroc ou d'Espagne, qui se livrent avec éclat sans jamais, en retour, ne rien lui demander. « Ils ne doivent pas avoir besoin d'histoires, suppose-t-elle, avec toutes celles qu'ils ont déjà vécues… » – car après tout c'est vrai, sur la vie des autres, il y aurait tant de livres à écrire, mais sur la sienne ?

47

En Mai 68, tu faisais quoi ? L'amour à trois dans la Sorbonne, les seins nus face à la statue de Danton, les Beatles dans des décapotables bricolées, pourquoi tu ne faisais pas ? Pourquoi les manifestations antiautoritaires, les affiches « La beauté est dans la rue », les communautés *Arc-en-ciel* dans les forêts, pourquoi tu n'y touchais pas ? Pourquoi tes 18, tes 20 ans, me donnent-ils l'impression d'avoir été vécus dans des zones blanches, de grandes plaines dépolitisées, pareilles à la Suisse, visitées par des vagues de vent frais et, de temps à autre, d'excellents chocolats ? Pourquoi de 68 n'as-tu rien su, « que la pénurie d'essence et les stations-service fermées » ?

Pourquoi l'histoire de tes années ne ressemble pas à l'Histoire de ces mêmes années ? D'où vient que certaines personnes de ton âge se sentent légitimes de parler du déroulement de l'élection de Mitterrand en 1981, du franchissement des cinq milliards d'habitants sur terre en 1987 ou du Bloody Sunday le 30 janvier 1972 ? D'où vient qu'elles aiment évoquer l'invention du Digicode et de l'insecticide ? D'où vient qu'elles se sentent partie prenante des années internet et des années Chirac, et que toi, tu ne t'en sens pas, que tu laisses ça aux autres, comme de n'y avoir *pas été* ?

Est-ce pour cela que les médias te fascinent tant, que tu t'abreuves de géopolitique tout en cherchant à héberger toutes les nationalités du monde dans ta cuisine ? Est-ce de n'être pas dans les combines officielles qui t'a fait te transformer en une espionne de toutes les combines mondaines ? Toutes ces invitations, exotiques, improbables, est-ce pour multiplier les chances d'accueillir chez toi des éléments de l'Histoire, de cette Histoire qui semble n'être jamais venue elle-même te chercher ?

48

« J'ai remarqué qu'il n'y avait jamais aucune femme sur les navires de commerce, m'annonce un jour Jeanine, sur le ton de fierté confidentiel du détective révélant les conclusions de son enquête. Sauf sur les navires russes, précise-t-elle, qui engagent des femmes en cuisine, une vieille tradition. » J'espère alors à haute voix que ces femmes prennent la pilule : la prennent-elles ? Jeanine ne comprend pas ma question ; je ris pour la mettre sur la voie d'un humour douteux mais elle n'entend pas davantage. Silence.

Il y a des blagues que je peine à expliquer à ma mère : toutes celles qui, en vérité, appartiennent à la catégorie des « blagues négatives », comme les appelle Jeanine. « Blagues négatives » : les Américains appellent cela « l'anti-humour », dans lequel excellent Neil Hamburger ou Andy Kaufman. « Qu'est-ce qui est pire que trouver un ver dans une pomme ?

— L'holocauste », constituant l'un des gags les plus fameux du genre. Comment expliquer cela à votre mère, refusant de faire la part des choses quand elles la heurtent personnellement ? Le heurt n'est pas fréquent, mais quand il advient, c'est sans retour – « parfois, tu sais, il n'y a pas à réfléchir : c'est choquant, c'est tout ».

Quand on tente de l'immerger dans un débat politique qui la dépasse, Jeanine finit toujours par remuer les bras dans tous les sens, prenant le timbre d'une petite chipie qu'on dispute pour s'exclamer, simulant la panique, « oh mais je ne sais pas moi, dès que je pense ça me fait tousser ! »; et de retourner faire la vaisselle, le repassage ou une promenade, n'importe quelle tâche manuelle qu'elle considère comme dénuée d'implication idéologique fait alors l'affaire. À cela faisant exception les polémiques qui touchent à l'égalité des sexes et dans lesquelles ma mère, née en 1950, soit seulement cinq ans après que les femmes eurent obtenu le droit de vote, s'engouffre volontiers, campée sur des positions qu'elle a fermes.

Un jour, en bas de l'escalier d'un des navires qu'elle visite avec le Seamen's Club, Jeanine aperçoit donc une femme. Enthousiaste, elle s'approche, lui demandant, madame, ce qu'elle fait là. Et comme il advient quand elle est excitée, elle enchaîne ensuite les questions sans laisser de place à l'interlocuteur auquel elles sont adressées – comment vous appelez-vous et aimez-vous notre drapeau tricolore et ce n'est pas trop difficile, le travail sur un bateau ? Parce qu'on ne voit jamais de femme ici, vous savez, vous êtes ma première… Et au loin, elle aperçoit ses collègues floutés par sa myopie, qui semblent lui faire de grands signes. Décidée à ne pas se laisser décontenancer par ces agitations, Jeanine poursuit : elle est en tout cas ravie de rencontrer cette demoiselle, et quel est son prénom, et accepterait-elle qu'on lui offre un café ?

Mais derrière, les bénévoles s'agitent de plus belle et Jeanine, en fin de compte intriguée, s'approche du groupe. C'est qu'elle s'aperçoit, non sans un choc, que le marin aux cheveux longs auquel elle s'adresse depuis trois bonnes minutes possède, en réalité, des traits masculins et le coulant d'épaules à quatre branches d'or des capitaines de la marine.

« Pardon, je n'ai pas mes lunettes… », fait alors ma mère au jeune Philippin qu'elle vient de confondre avec une Philippine. Puis d'ajouter, avec un rire nerveux que le marin n'a aucune envie de partager, « je suis daltonienne du sexe, vous savez ». Blague négative.

49

Les humeurs de Jeanine étant généralement liées aux humeurs médiatiques, en septembre 2015, quand l'attention de tous les médias s'est soudain et comme miraculeusement focalisée sur le sort des femmes et des hommes venus de Syrie, ma mère s'est alors mis en tête, impérieux et respectable devoir, de dénicher une famille de migrants à accueillir et choyer chez elle ; elle contacta toutes les associations caritatives et religieuses de Nantes aptes à la mettre en contact avec quelques Syriens, précisant à chacune qu'elle connaissait la langue arabe si bien que les étrangers logeant chez elle jouiraient d'une douceur d'adaptation. Aucune de ces associations ne donna suite à sa requête. À la place, *Ouest-France* vint faire un reportage sur l'improbable générosité d'une Rezéenne.

« Ils voulaient absolument me prendre en photo, mais comme je suis gênée maintenant… Ça va faire celle qui se la joue auprès des voisins », me confie-t-elle par téléphone le lendemain de la visite d'une journaliste à son domicile et la veille de la parution dans le journal d'un court article sur « Jeanine, hébergeuse volontaire ».

Sa gêne est alors sincère et, je l'apprendrai, justifiée ; dans la semaine qui suit la publication, Bernard et Roger viennent la visiter, lui reprochant de troubler, avec sa générosité saugrenue, le calme de l'impasse qu'ils habitent. Jeanine est accablée. Elle m'appelle, selon ses propres mots, « absolument dégoûtée ». Elle savait que cet article était une mauvaise idée mais voilà, elle ne voulait pas gâcher la joie de la jeune journaliste qui l'avait contactée. « J'ai été gourde sur tous les plans », finit-elle par conclure amèrement, comme toujours se reprochant avec la plus grande des sévérités ce que le monde autour d'elle critique avec bien plus d'inconséquence.

50

Certains individus incarnent parfaitement l'esprit du temps, certains habitants sont les miroirs de leur nation, et le voisin de Jeanine, Bernard, sympathique pessimiste retraité et doté d'un ventre pareil à une montgolfière émergente, a toujours entretenu, selon elle, une terrible ressemblance avec l'état actuel de la France ; à la fois très fier et méfiant, il rappelle hebdomadairement à ses voisins l'orgueil que lui inspire sa grande maison à grand potager tout en se montrant éternellement indisposé à la faire visiter de peur qu'on en bouleverse la bonne tenue : « Quand quelqu'un passe chez moi, quelque chose casse ou disparaît, alors j'ouvre moins ma porte maintenant. » Et de rire.

Il avait pourtant fallu l'ouvrir, cette porte, quand Jeanine était passée récupérer quelques grignardises pour l'apéritif prévu avec son dernier ami en date, Ayoub, vieil homme qu'elle avait rencontré le jour même en s'adonnant, on ne se refait pas, à sa visite de supermarché quotidienne, et qui l'avait attendrie d'emblée puisqu'il traînait derrière lui, dans une étroite carriole, un petit teckel.

« Ayoub ? avait aussitôt réagi Bernard, sceptique, mais n'est-ce pas là un prénom musulman ? » Si le bedonnant se montrait évidemment prompt à prêter ses apéritifs à sa voisine, il était moins enclin à nourrir les invités de madame aux origines douteuses. Et Jeanine d'alors devoir, bien malgré elle, lui expliquer que l'Ayoub en question, français depuis cinquante ans, avait laissé son Coran et ses facultés linguistiques arabes derrière lui en quittant la Tunisie – ce qu'elle regrettait d'ailleurs secrètement, à ses yeux les rencontres les plus palpitantes demeurant celles entre deux individus dissonants.

Puis, comme Bernard et ses sourcils sceptiques continuaient d'exercer à l'endroit du vieil Ayoub un racisme qu'il refusait d'ailleurs de nommer comme tel, Jeanine brandit ce qu'elle tenait pour un argument supérieur : le vieil Ayoub possédait un chien, animal, est-il besoin de le rappeler, considéré comme impur dans la religion dont le frileux voisin se méfiait et qui plus est, animal gravement handicapé, pour lequel l'homme n'avait pas hésité à dépenser 2347 euros dans une opération vétérinaire, puisque, comme il l'avait dit à Jeanine : « Hector a mon âge en âge chien et le jour où on voudra le piquer, il faudra me piquer moi aussi. »

Bernard, interdit, fixa un long moment Jeanine, attendant certainement qu'elle lui révèle la chute de sa blague puis, constatant qu'il n'y avait pas plus de chute que de blague, se racla la gorge et se tourna vers le frigidaire : « Allez, va pour cette fois », sortant de son placard à whiskies une boîte de mini-pizzas, que Jeanine lui rachèterait le lendemain, « et pas dans une boutique halal, hein », se crut-il intelligent d'ajouter.

Jeanine sourit pour la forme, puis, la porte enfin claquée, se promit de ne plus réclamer le moindre service à Bernard et n'y pensa plus l'heure suivante, buvant un verre de châteauneuf-du-pape sans remords, en compagnie d'un Ayoub qui ne prit pas de mini-pizza pour lui, mais en fit goûter deux à un chien qui boitait. L'histoire s'arrêtait là.

51

Peut-être ne faut-il pas sous-estimer l'autorité implicite qu'exerce la présence de voisins sur certaines personnes en manque d'estime de soi, et Jeanine est de celles qui subissent le regard des voisins comme des appels à la justification ; aussi loin que je me souvienne, je l'ai toujours entendue s'inquiéter de leur opinion : et s'ils nous entendaient ? Et que vont-ils penser ? Et tu n'as pas fait ça devant les Duriez, les Durant, les Peraut, j'espère ? Ceux-là ont toujours été pour Jeanine des prétextes à toutes les autocensures, à toutes les hontes, à tous les sentiments d'humiliation. À certaines parties de rire, aussi.

Nous sommes en été, locataires dans une station balnéaire de Vendée, habitants d'un bord de mer qui regorge d'adultes profitant des désirs estivaux de leurs enfants pour jouir innocemment : dans la mer des pères s'éclatent contre les vagues, dans l'avenue principale, des mères se contorsionnent sur Twister géants, près du mini-casino, des grands-parents savourent glace et chichis – ma mère, quant à elle, s'autorise à prendre un verre de porto, pour accompagner mon Champomy du 14 Juillet.

Nous sommes donc là, toutes deux dans la cuisine de la location et nous en constatons l'isolement suspect, comme l'est, selon mon expérience du moins, celui d'une bonne partie des cuisines balnéaires des classes moyennes. Tandis que, cheveux salés et pupilles par l'eau de mer rougies, nous préparons le jambon-moutarde petits pois du soir, les voisins montent le ton : nous entendons distinctement Jules, le plus petit, remettre en question l'issue du ping-pong entre frères : il a perdu et cela n'est pas juste : il crie et pourquoi cela ? Car il a perdu, et que ce n'est pas juste. Calme-toi, lapin, intervient la mère, tu vas déranger les voisins. Mais qu'importent les voisins quand on a perdu ? Jules a mis du temps à trouver ses mots, mais maintenant il les tient, et c'est sans hésitation qu'il hurle : C'EST UNE HONTE. Puis, satisfait de sa formule, la reprend : VOILÀ, C'EST UNE HONTE. Sa mère tente à nouveau de le calmer : tout doux, lapin, tout doux, mais l'enfant persiste, C'EST UNE HONTE, C'EST UNE HONTE, et de plus en plus fort, et de plus en plus fier et, que racontes-tu, lapin, arrête maintenant, pense aux voisins, pense à moi, mais rien à faire, C'EST UNE HONTE, UNE HONTE, ET JE VAIS MOURIR, JE VAIS MOURIR – alors sa mère n'en pouvant plus, de hausser à son tour le ton : JULES, ARRÊTE MAINTENANT ! TU VAS NOUS FAIRE HONTE !

Et Jeanine alors de s'esclaffer si abondamment que la boîte des petits pois lui échappe des doigts pour aller s'écraser, se déverser, sur le carrelage froid de cette cuisine empruntée. Les sphères vertes, libérées de leur cage, roulent et s'épanouissent sur tous les carreaux de la cuisine, et dans les creux et dans les coins, et les voilà ayant bientôt recouvert l'intégralité de la surface blanche, et comme des enfants perdus dans un océan de boules en plastique de couleurs primaires, ma mère et moi rions, rions, et derrière le mur de la cuisine, les voisins crient de plus belle, leur honte et leur pudeur, et les pois au sol tremblent encore, et dans l'euphorie du chaos, pareilles à d'absurdes petits personnages d'une toile de Jérôme Bosch, les visages déformés, nous exultons.

Pourquoi Jeanine n'a-t-elle pas songé à rire, dix ans plus tard, quand les voisins, d'autres voisins, sont venus la trouver et lui réclamer des comptes, après la parution d'un article dans *Ouest-France*, où elle affirmait se porter volontaire pour accueillir et aider des migrants syriens ? Est-ce de perdre la distance de l'humour quand nous sommes seuls ?

52

« Je suis une pessimiste enjouée, je porte cette dualité en moi », écrit-elle dans un de ses carnets de notes, carnets qu'elle m'a prêtés et dans lesquels je ne cesse de trouver les clés d'énigmes nouvelles, réponses à des questions que je ne m'étais jamais posées. Peut-être a-t-on, spontanément, tendance à croire que les femmes à la retraite n'ont plus de secrets, sinon de stricts secrets de famille, comme si passé un certain âge, assoupis dans nos habitudes, nous perdions le halo énigmatique qui nous a entourés toute notre vie. Les vieilles femmes, si banales qu'elles paraissent, ne demeurent-elles pas pourtant, comme tout individu, des mystères à percer, ne serait-ce que pour n'avoir pas réglé, nous ne le réglons qu'à la mort, le sens exact de leur vie ?

« Si je veux accueillir des migrants, c'est aussi, quelque part, pour donner du sens à ma vie », avait déclaré ma mère à la journaliste de *Ouest-France*. Agir pour donner du sens à sa vie, puis penser, pour en donner à la mort ; quelques vingtaines d'apaisantes réflexions sur la mort parsèment le journal de Jeanine : « La mort est là quand on est vivant mais elle n'est plus là quand on est mort », « Notre situation existentielle est précaire », « Les morts ne ressentent rien » ou encore, présent aux quatre coins des pages, le célèbre « Philosopher, c'est apprendre à mourir ». Les rencontres philosophiques dans les cafés de province sont généralement fréquentées par des sexas, des septuagénaires, ayant besoin de comprendre quelques choses supplémentaires à leur existence avant de la quitter ; ma mère est de ceux-là, et ses gestes à l'égard des « parias de la société » – si tant est qu'on puisse ainsi nommer, comme l'ont fait certains de ses proches, l'archétype général auquel correspondent les locataires de ma mère – sont aussi une manière de philosopher, de s'ouvrir au monde avant que tout ne se referme. Entreprendre encore et jusqu'à la fin, non pas en niant la mort mais parce qu'on la sait présente, par une sorte de pessimisme enjoué, oui, pour « faire de sa vie quelque chose de cohérent », comme elle l'écrit encore quelques pages plus loin. Donner un sens et puis mourir, apaisée.

53

En peuplant notre cerveau des souvenirs de ce qu'on n'a pas vécu, l'Histoire a le pouvoir de charger d'émotions nos gestes les plus anodins et, un soir impulsif, quand j'ai vu vingt centimètres de mes cheveux tomber sur un plancher mal éclairé, je me souviens avoir eu successivement l'impression de vivre sous l'Allemagne de Weimar, d'être une collaboratrice tondue à la Libération, puis celle, plus légère, de m'instituer en femme moderne des années 1920. Peut-être que dans cent ou deux cents ans, les jeunes filles n'auront plus aucun souvenir de cette espèce en se coupant vingt centimètres de cheveux, peut-être que le geste rejoindra la catégorie des pratiques si banales qu'on en oublie la genèse, peut-être est-ce même déjà le cas aujourd'hui. Je n'en sais rien, j'ai rangé mes cheveux dans une enveloppe.

Jeanine, quand elle avait un peu plus d'années que moi, mais toutefois moins de trente, m'avait dit avoir enfermé les siens dans une boîte à bijoux 15 x 21, en bois. Depuis elle les gardait courts, oscillant toutefois entre le carré de *Cabaret*, la garçonne du début du siècle et la touffe frisée des aficionados de Malcolm X, réappropriée. Pour la couleur, elle avait valsé du brun acajou au brun noisette, en passant parfois par le glacé, le chocolat, et même le cendré. Toute sa vie elle s'était teinte, si bien que passant le cap des cinquante ans et l'arrivée des cheveux blancs, elle n'avait pas eu à modifier ses habitudes. Si ce n'est qu'elle s'interdisait désormais les teintes claires.

La coiffure d'une femme est une chose grave, un micro-drame cruel reconduit à chaque âge. Sûrement est-il des dépressions, des échecs sentimentaux et professionnels étroitement liés à une frange ratée, à un blond trop vulgaire et trop permanent. Telle jeune fille n'avait-elle pas préféré passer des vacances chez sa mère au Mans plutôt que chez des amis à Marseille en raison des complexes que lui faisait éprouver un dégradé qui frisait ? Et tel jeune homme, incapable de se faire pousser une moustache : n'en avait-il pas ressenti de l'humiliation, une humiliation qui n'avait fait qu'accentuer son désir de prouver sa virilité en développant une pensée droite, forte, rationnelle et mathématique ?

Hortense, quant à elle, n'avait jamais connu ce genre de soucis : la quarantaine bien tapée, elle paradait toujours au collège avec sa cascade de cheveux soyeux sur les épaules, les remuant, les tressant, les coiffant, les attachant. Son charme, son élocution, sa force expressive : tous les pouvoirs de séduction d'Hortense semblaient prendre racine dans son étendue rousse. Il n'était d'ailleurs pas rare que les jeunes filles aux apparences encore en formation qu'elle avait pour élèves en salle de classe l'apostrophent pour la complimenter. « Vous avez vraiment de très beaux cheveux, madame... *Die Übersetzung ins Deutsche* », rétorquait alors une Hortense professionnelle jusque dans son narcissisme et qui, sans surprise, enseignait l'exigeante et rugueuse langue allemande.

Dans une salle des professeurs, si silencieuse puisse-t-elle être, il est souvent possible de deviner qui enseigne les sciences, l'espagnol ou la littérature. Est-ce le métier qui forge le corps ou le corps qui implique le métier ? Les matières enseignées vont souvent de pair avec des matières vestimentaires, et les types d'enseignement avec des types de gestes précis. Ainsi Xavier, surnaturellement snob avec ses yeux à demi assoupis, son t-shirt à la gloire d'un obscur groupe d'électro parisien et ses *Cahiers du Cinéma* dans la main, ne pouvait qu'enseigner une philosophie spinoziste, quand la grosse Isabelle, dont la voix portait si fort qu'elle réveillait les plus insomniaques de ses élèves et qui détenait le casier le plus bariolé de photos culinaires du lycée, s'était évidemment spécialisée dans l'espagnol. Les professeurs de lettres, du moins quand ils étaient jeunes, affichaient généralement sur eux un ou deux détails originaux : une broche rouge sur une veste bleue, des cheveux longs tressés à l'africaine, un sac souple à slogan provocateur, « Ici vous êtes », « Lire, c'est sexy ». Les professeurs de science portaient souvent des pantalons trop courts, rattrapés par leur regard d'une intelligence notoire et c'est à eux, bien entendu, qu'on aurait fait confiance lors d'un incendie. Quant aux professeurs d'anglais, avec leur amour de Mr Has-Been, de Mary Poppins et des puddings qui tanguent, c'étaient les plus hétéroclites, les plus imprévisibles peut-être.

Jeanine connaissait cette réputation : elle se devinait, dans les yeux des plus jeunes de ses collègues, cette sorte de gentille déglinguée bientôt à la retraite, et elle savait que ce n'était pas grave, que la plupart d'entre eux en éprouvaient une tendresse amusée, la respectueuse bienveillance que l'on se doit de porter à ses aînés. Elle en jouait d'ailleurs souvent, de cette exubérance supposée, singeant l'idiotie pour accentuer le rire et ainsi jouissant de se conformer à ce qu'on semblait attendre de son personnage.

Aussi un matin et alors que, la veille, elle avait tenté une singulière coloration aux reflets framboise, Jeanine improvisa-t-elle un one-professor show dans la salle des professeurs : d'une voix singeant maladroitement un conteur pour enfants, elle confia à ses collègues sa connivence secrète et mystérieuse avec Lucifer, qui lui avait « ordonné cette teinte pendant la nuit ». L'invention fit rire Isabelle et provoqua un éclair de malice dans les yeux d'un Xavier qu'on croyait jusque-là, et comme chaque matin, endormi, mais laissa les autres professeurs de marbre, si bien qu'un quart d'heure plus tard, face aux élèves de 6e D à qui elle faisait réciter pour la vingt-huitième fois de l'année les verbes irréguliers, Jeanine ne songeait pas plus à sa couleur qu'à Lucifer. C'est donc l'esprit tout à fait ailleurs qu'elle passa devant la salle des professeurs au sortir de son cours – et qu'elle y entendit son prénom.

Devant la porte, elle approcha son oreille, y laissant entrer les propos d'Hortense qui possédait une voix aussi soyeuse que ses cheveux et pour qui, hein, il y avait vraiment quelque chose qui ne tournait pas rond chez Jeanine – saviez-vous qu'une fois elle était arrivée au collège un sac-poubelle dans la main ? Tu inventes, rétorqua une autre voix à laquelle Jeanine n'associait aucun visage et à laquelle Hortense assura aussitôt qu'elle n'inventait rien, non, que Jeanine avait bel et bien débarqué devant nos élèves – vous rendez-vous compte, *nos élèves* – avec les détritus de sa maison à la main et son cartable dans l'autre. Allez, tu déformes, dit encore la voix, mais Hortense assurait ne dire que le vrai – on pouvait d'ailleurs demander confirmation à Xavier, hein, Xavier, n'avais-tu pas vu Jeanine qui, et Xavier, que Jeanine pouvait apercevoir dans un angle mort sur la droite, d'acquiescer en souriant, comme toujours l'air de s'en foutre. Le pire, c'est qu'ils avaient raison : deux semaines plus tôt, Jeanine était en effet arrivée au collège avec sa poubelle à la main – et encore ne l'avaient-ils pas vue débarquer en chaussons deux ans plus tôt, dans un autre établissement, un jour de neige. Hortense n'affabulait pas : l'étourderie de Jeanine était avérée, et fréquente avec ça. Mais cela en faisait-il une inadaptée pour autant ? Voyons, Hortense, on ne parle pas des absents comme ça… L'enseignante d'allemand ici vaguement s'excusa, et comme la conversation touchait visiblement à sa fin, comme elle en avait déjà trop entendu, comme ça lui démangeait dans la poitrine, ma mère décida ici de poursuivre sa traversée du couloir jusqu'à tout à fait disparaître du bâtiment, de la cour et enfin, oui, de l'établissement.

Une heure après, elle se rendait à pied à l'Intermarché du coin, s'efforçant de ne penser à rien. Ne répétait-elle pas en permanence à ses proches qu'il ne faut pas s'arrêter aux ragots d'autrui ? Le territoire de la honte était pareil aux sables mouvants, il ne fallait pas y mettre un seul pied : plutôt que de ruminer, elle alla investir dans un nouveau bocal de confitures, avec en tête l'idée éculée de se confectionner des crêpes. Mais de repenser aux ragots de l'après-midi tandis qu'elle préparait la pâte, plus tard dans la soirée, le nuage de vague tristesse qui avait envahi Jeanine au collège se condensa en une excessive tempête d'émotions ; ce n'était pas qu'elle en voulait à Hortense pourtant, c'est que le couple des voix intérieures qui cohabitaient dans son cerveau se disputait si fort qu'elle ne pouvait plus le supporter : devait-elle avoir honte d'elle-même ? ou se glorifier de sa singularité ? Abjection face à sa cuisine grise ou fierté devant ses chaussons bleus ? Gêne, quant à la couleur de ses cheveux ou amusement, de se voir si ridicule dans le regard des autres ? Quand sa fille revint de l'école, elle lui annonça qu'elle partait se coucher : un mal de tête lancinant.

Et c'est la poitrine vide que, le lendemain, elle retourna au collège, bien décidée à garder le silence. Lundi elle serait en vacances : mieux valait oublier cette histoire, ne rien remuer – mais un coup de volonté n'abolira jamais l'inconscient et qu'elle le veuille ou non, Jeanine y pensait, à ce colloque humiliant, elle ne pensait même plus qu'à cela, si bien qu'elle se trompa dans le chemin qui la conduisait au collège et qu'elle rallongea sa course en passant par le sud au lieu de raccourcir par le nord, paniquant de constater qu'elle s'était engagée sur la route qui mène à la boulangerie au lieu de celle qui conduit au Carrefour et, bientôt, elle coupa la radio pour qu'on cesse de lui rappeler que l'heure tournait et que ses distractions, une fois de plus, la mettaient en retard. Toutefois arrivant enfin dans son établissement, Jeanine ressentit le soulagement des actes manqués, constatant que la cloche avait sonné et qu'elle échappait ainsi à la confrontation avec ses collègues en salle des professeurs. Elle prit alors son temps, dans le couloir blanc du deuxième étage de Jean-Monnet, pour rejoindre la classe des 3ᵉ B, et devant la porte de sa salle d'anglais, qu'elle avait au fil des mois saturée d'imageries d'Épinal de l'Angleterre, de bus rouges à deux étages, de taxis jaunes et de puddings verts, elle s'arrêta pour écouter les habituels rires des adolescents qu'on abandonne à eux-mêmes. Réfractaire à l'idée de décevoir leur joie, d'être la mauvaise nouvelle du professeur que l'on croyait absent et qui finalement ne l'est pas, elle demeurait là, sur le pas de la porte, paralysée, songeant à Hortense qui, à sa place, eût eu plus d'assurance qu'elle – l'enviant et se dépréciant.

« Madame, qu'est-ce que vous faites, vous n'entrez pas ? »

Un jeune au crâne rasé avait ouvert la porte de la classe comme on retire le drap blanc dissimulant une œuvre de collection, et si Jeanine en ressentit une pointe de honte, celle-ci se mua presque simultanément en une pure extase. Devant elle, tous les adultes miniatures avaient grimpé sur les tables et ce non par insubordination mais par ce qu'elle appellerait plus tard, non sans une certaine complaisance, *grande générosité* : il s'agissait d'une fête de fin d'année orchestrée à l'intention d'un professeur aimé et Alexia, au fond de la classe, appliquait un dernier morceau de Patafix au dos d'une affiche à la bienveillance convenue tandis que sur le bureau paradaient du cidre, des bonbons, un kouign-amann et, dans l'air, des rires, des avortons de chansons, de timides compliments, et alors il y eut des tendresses d'enfant, des gourmandises d'ogre, des niaiseries émouvantes, et l'affligeant humour des Carambar circulait dans les mains de chacun, et Alicia riait de ses dents qui étaient toutes extraordinairement semblables, et Pierre éternuait comme s'il avait un séisme dans le nez, et Réda s'essayait à des sortes de tours de passe-passe visant à faire disparaître une, deux parts de kouign-amann afin de se constituer une réserve, et Jeanine fixait tous ces élèves en qui elle voyait soudain des oiseaux mal habillés et animés de buts lointains, puis, alors qu'il restait plus qu'une part de gâteau, elle s'exclama qu'il fallait attendre, que ce serait bien d'en mettre de côté pour le professeur qui suivrait, ne trouvaient-ils pas ? Pas nécessairement non, c'était Mme Dublin qui venait après, et, franchement, Mme Dublin… T'es con, Réda, tu crois vraiment qu'ils s'appellent madame Dublin et monsieur Truc en salle des profs ? Il fallait lui dire le prénom de sa collègue à Jeanine voyons, et juste après c'est Hortense qu'ils avaient, madame. Ah Hortense, fit alors Jeanine avec une confiance inédite dans la voix, alors si c'est Hortense, c'est important, il faudra bien lui donner une part pour moi.

54

Si vous êtes parisien, peut-être avez-vous déjà remarqué le soir, sur le terre-plein entre la rue Marcadet et la rue Duhesme, la présence d'un garçon seul et agité, portant K-Way et sac à dos. À l'heure où les mères proposent un reste de pain au chocolat à leurs enfants fraîchement récupérés, celui-ci se dépense des heures durant et, derrière la vitrine des cafés, on peut le voir qui bondit, qui mugit, qui cabriole et agrippe les passants avec le charisme d'un tigre solitaire enfermé dans le périmètre du rond-point triangulaire, pour un temps cage imaginaire. Qui est-il ? Que fait-il ? Question apparue en lisant *Enfants du Bronx*, récit d'Adrian Nicole LeBlanc sur la détresse du quartier difficile de New York : confondant comme souvent la réalité et mes fantasmes, je m'étais mise à voir dans ce tigre de l'heure bleue l'un des *kids* du Bronx à la santé psychique fragile, de ceux qui donnent leurs premiers baisers dans les enceintes d'un hôpital. Était-il perdu, échappé d'un centre pour jeunes ? Fallait-il l'aider ?

Jeanine était à Paris ce week-end-là : elle venait d'achever une balade méditative dans le dix-huitième arrondissement et nous partagions quelque substance liquide aux couleurs hallucinées au café, juste en face du rond-point. Après que je lui eus montré le jeune fauve du rond-point, elle aussi commença de s'interroger sur son compte, sur sa santé, sur sa situation. Lui mugissait toujours, à demi hilare et visiblement fier de l'impression tordue qu'il produisait sur les passants. Et s'il était en fugue ? Il fallait aller vérifier, et Jeanine, donc, bientôt se leva, réajustant son long pull mauve, enfilant son manteau.

« Est-ce que ça va ? »

Le jeune garçon s'était arrêté de bouger et fixait avec une bienveillance infantile la femme qui lui parlait.

« Je vous vois faire le fauve depuis tout à l'heure… »

Et, fixant Jeanine dans les yeux avec l'intensité d'un malade dont l'espoir dépend du médecin à qui il s'adresse :

« Merci, mais est-ce que c'est bien fait, au moins ? »

Aussitôt elle trouva, et son intonation était fausse, les mensonges nécessaires à le rassurer : c'était mieux que « bien fait », les gesticulations du jeune homme étaient telles qu'elles nous avaient fait sortir du café pour le féliciter.

« Ça fait plusieurs mois que je travaille le numéro du dinosaure », expliqua-t-il gravement. Il ne s'agissait donc pas d'une imitation de tigre. Idéalement, ils faisaient ça à deux, mais aujourd'hui il était seul. Et expliquant cela, il fixait Jeanine, l'air de lui présenter des excuses – évidemment, c'est toujours moins bien quand on est seul.

Il y avait dans sa voix la rare franchise de ceux qui ne s'adressent qu'épisodiquement à des inconnus et de ce fait n'épuisent pas leur innocence, persistant à croire que l'on peut, usant du langage, communiquer ce que l'on sent avec justesse.

« Et pourquoi ton ami n'est pas là pour faire le dinosaure ? demanda ma mère.

— Oui, pourquoi ? » l'interrogea-t-il en retour, les yeux plantés dans les siens, attendant visiblement une réponse.

C'est à cet instant que je remarquai, entre ma mère et ce garçon, une mystérieuse connivence : on aurait dit deux extraterrestres en reconnaissance réciproque, derrière leurs carapaces humaines. Paraît-il que certaines âmes communiquent, pour un temps ; au temps d'après, avant que la magie du regard ne s'épuise et voyant que Jeanine n'avait, de toute manière, aucune réponse à lui apporter, le garçon l'avertit : il devait y aller. Et sans sourire, fixant à nouveau Jeanine, il lui précisa gravement sa joie de l'avoir eue comme public, combien il serait honoré de la revoir. Ma mère lui confirma qu'elle le serait aussi. Puis nous ne parlâmes plus jamais de lui.

55

Il serait intéressant de recenser le nombre exact de formules constituant la banque de données langagières d'un individu A à une période X de sa vie, et d'en dresser des graphiques en fonction de la situation sociale, de la position géographique, de l'âge. Avec une moyenne de combien de phrases quotidiennes s'exprime un universitaire ? un médecin ? un plombier ? une femme de 54 ans ? un homme de 70 ? et une jeune fille de 16 ? Je ne sais à combien s'élèverait alors la moyenne de Jeanine, mais je connais par cœur les formules principales qui la constitueraient – ces redites représentant la cause principale de nos amertumes courantes, tant la répétition est une chose que j'ai du mal à supporter.

Parmi ces éléments de langage maternel, donc, l'expression « oh, c'est une installation provisoire ». Dans combien d'« installations provisoires » ai-je vécu à plein temps quand j'étais enfant ? Le rideau rouge de la salle de bain mauve était provisoire, les pinces à linge pour maintenir la cafetière en marche, elles aussi provisoires, la plaque de polystyrène servant de porte dans le couloir, évidemment provisoire, de même que les pin's qui faisaient office de boutons sur les manteaux, l'éponge installée de sorte à retenir l'eau de l'évier ou l'agenda rédigé sur des feuilles libres agrafées. Chez Jeanine, une bonne moitié des objets du quotidien sont des inventions provisoires, et pourquoi en serait-il autrement puisque tout dans ce monde relève d'un même provisoire ?

Les locations ? Provisoires. Les ennuis ? Provisoires. La politique ? Provisoire. Le succès ? Provisoire. Les guerres ? Provisoires. Et la paix ? Tout aussi provisoire. D'ailleurs la vie a-t-elle jamais été autre chose qu'une déambulation provisoire en attendant la mort ?

Mon éphémère maternel n'a jamais perdu cela de vue ; je crois d'ailleurs que toutes ses journées jusqu'aujourd'hui ont été vécues sur un mode provisoire, et que ce terme, tant répété depuis quelques paragraphes, symptomatise idéalement son pessimisme enjoué. Pourquoi se battre pour ses idées, quand on les sait si provisoires ? Pourquoi se battre pour une relation, une création, un désir ? Seule la mort viendra mettre un terme à la répétition du provisoire. Jeanine le sait et s'y prépare.

56

Isabelle, vieille marraine de ma mère, s'était aussi préparée à mourir. Cela résultait d'une décision conjugale : époux et épouse se suicideraient. Tout était prévu : le testament autoadressé par recommandé une semaine avant l'acte, les bijoux, meubles et biens immobiliers répartis, les messages d'affection sous enveloppe. La gazinière aussi avait été prise en main et inspectée : il fallait qu'elle fonctionne, ou plutôt qu'elle dysfonctionne, il fallait que le gaz s'infiltre dans la cuisine de manière qu'elle et Michel s'en enivrent et disparaissent de ce monde, asphyxiés.

Michel souffrait depuis longtemps, huit à dix ans peut-être. Des problèmes de reins, une nuque à demi paralysée, des défauts de mémoire aussi. Isabelle, qui avait passé toute sa vie à ses côtés, ne supportait plus qu'il la fixe, un jour sur deux, comme si elle était une étagère. Il fallait en finir. Épineuse question que celle de l'euthanasie, et si Isabelle considérait que celle-ci ne devrait pas être légalisée puisque la mort n'est et ne sera jamais digne, que donner la mort conserve toujours, Dieu soit loué, un caractère illégal, en revanche le désir de tuer et d'être tué la travaillait, non pas parce qu'elle trouvait ça juste, mais parce qu'elle aimait. Car paralysé, attardé, Michel existait encore, mais pour quelle vie ? Plus aucune pulsion ne le traverserait jamais. En dépit de l'attention et de l'amour que lui portait Isabelle, il souffrait, allant vers la mort et plus rien ne naîtrait. Alors mourir, ensemble avec Michel, pour que les amants persistent sans pourrir. Roméo et Juliette octogénaires.

Isabelle avait joint Jeanine en avril pour la prévenir de ses intentions et lui confier les mots de la fin : « La semaine prochaine, Michel et moi, nous serons morts. » Entendant le ton léthargique de sa marraine, Jeanine s'était sentie désarmée. Ce n'était visiblement pas un appel à l'aide, il n'y avait ni plainte ni lamentation, aucune détresse à consoler. Ça ne constituait pas non plus un adieu tragique et tendre, auquel Jeanine aurait pu répondre par la même tendresse fatale. Il n'y avait aucune sensiblerie dans la voix d'Isabelle, pas davantage de sentiments. C'était la voix apathique d'une danseuse ayant appris qu'elle se ferait amputer : Isabelle et son mari ne disposaient plus des cartouches nécessaires pour exister correctement, ainsi préféraient-ils tout à fait cesser d'exercer le métier de vivre. Quitte à heurter.

Le passage à l'acte était programmé pour la semaine qui suivait : Isabelle avait prévenu ses pairs. Personne dans la famille ne disposait en revanche du jour exact, Isabelle craignant que l'un de ses confidents privilégiés ne tente de la sauver. De fait, aucun ne le tenta. Ils se contentèrent plutôt de trembler le lundi, de faire un malaise vagal le mardi, de renverser de l'eau chaude sur leur chien le mercredi, d'y penser le jeudi. Chacun vécut la semaine dans la crainte de l'appel morbide qu'il allait recevoir et qui lui annoncerait la réalisation du projet d'Isabelle. Le téléphone retentit le mardi midi de la semaine suivante. Dès la première sonnerie, Jeanine sut qu'il serait question de sa marraine, et ses nerfs se tendirent si violemment, et son cœur se serra si fort qu'elle dut s'arrêter trois secondes pour respirer avant de pouvoir décrocher le combiné, se présenter et affirmer gravement, j'écoute.

« Bonjour, madame, c'est Marceline D au sujet d'Isabelle M.

— Je sais, fit ma mère en fermant les paupières, anticipant l'horreur.

— Nous l'avons retrouvée elle et son époux, près d'être asphyxiés par le gaz, mais Dieu soit loué nous avons prévenu les secours, alertés par l'odeur. Ils vont bien, ne vous inquiétez pas. Ils sont en observation à l'hôpital de l'Hôtel-Dieu, et si je vous appelle, c'est qu'Isabelle m'avait un jour donné votre numéro, "en cas de pépin". »

Décontenancée, ma mère poussa un « ah » sans caractère, remercia poliment cette Marceline d'avoir sauvé la vie de sa marraine et, avec un geste d'une lenteur irréelle, raccrocha. Les drames auxquels on se prépare et qui n'adviennent pas font parfois jaillir une autre forme d'insurmontable. Un ami me narrait l'histoire de ces deux parents japonais persuadés, pour avoir mal saisi le diagnostic d'un docteur français, que leur jeune fils de 4 ans décéderait le jour de ses 10 ans; ils s'étaient préparés au décès et à son deuil corrélatif. Le jour des 10 ans, ils s'étaient habillés en noir, attendant avec philosophie que la mort les visite. L'enfant avait finalement vécu cinq années de plus. Et ses parents, déboussolés, ne l'avaient plus entouré que péniblement, ne sachant plus comment élever ce qui leur apparaissait désormais être un fils fantôme.

Heureusement, les drames inadvenants peuvent aussi avoir quelque chose de désespérément drôle, et tandis que Jeanine préparait son sac pour se rendre à l'hôpital visiter sa marraine et son bel-oncle ressuscités, une joie de l'absurde s'élevait insidieusement en elle. Une fois dans sa Rover, elle alla jusqu'à chercher une station de radio consacrée à la musique, chose que son obsession pour l'actualité la poussait rarement à faire d'ordinaire, et durant tout le trajet, elle interpréta à tue-tête le tube de Fugain, « Chante la vie, chante… », et tandis qu'arrivant à l'Hôtel-Dieu elle passait l'accueil de l'hôpital la mélodie toujours en tête, d'aucuns trouvèrent déplacée son humeur festive et une infirmière se pencha vers sa collègue en grommelant quelques réflexions critiques, mais qu'importe ? Jeanine s'était préparée à une journée de deuil : voilà qu'elle abordait une journée de résurrection. La vieille Isabelle l'accueillit les deux yeux grands ouverts, dans son lit blanc et aseptisé. La première phrase fut brutale : « Comme je leur en veux de ne pas m'avoir laissée y passer », et elle ne fut suivie d'aucune autre. Le sentimentalisme jadis absent d'Isabelle se laissait désormais entrevoir : mourir ne lui faisait pas peur non, mais continuer de vivre… Jeanine eut beau tenter de raisonner sa marraine rien n'y fit, le projet suicidaire du couple reprendrait sitôt qu'on les laisserait sortir des locaux blancs. Ils trouveraient une autre solution. Pour en finir encore.

Deux mois passèrent sans agitation. Jeanine évitant de subir les appels de ce couple malade. L'état physique de Michel n'avait, depuis le gaz, fait qu'empirer, sans parler du cynisme d'Isabelle. Dans la famille, chacun attendait le jour où les vieux époux se passeraient la corde au cou et toutes les fois où Jeanine songeait à Isabelle, elle ressentait d'ailleurs le frisson parcourant ces thrillers dont la fin que l'on sait tragique confère à toutes les réjouissances du milieu un arrière-goût grinçant, la saveur du réel ironique. L'appel décisif, bien que moite dans sa forme, advint début août.

« Pourrais-je parler à Jeanine ? » fit une voix semblable à celle d'un répondeur, avant d'apprendre à ma mère, sur le ton régulier et plein de distance des médecins et de leurs alliés, que sa marraine avait été retrouvée dans le lac de Guerlédan.

Comme elle l'avait vu faire dans les films, Jeanine tira alors une chaise de sous la table pour s'y asseoir avant de poursuivre un dialogue qui lui semblait émaner du passé. Au bout du fil, on entendit les pieds en métal qui raclaient le plancher.

« Ils se sont lestés de pierres, c'est ça ? »

Sa voix était grave et résolue, pareille à celles des épouses intelligentes réagissant aux frasques de leur mari alcoolique dans les vieux films en noir et blanc.

« Ils étaient dans leur voiture, madame, visiblement un accident. »

Étaient-ils… ? Mais non, là encore tout allait bien : il y avait peu d'eau dans le lac à cette saison, la voiture avait donc flotté à la surface et les époux n'étaient que sonnés. Jeanine souhaitait-elle leur rendre visite ?Et de nouveau, ma mère assura qu'elle irait. Le drame inadvenu n'avait pas la même saveur que la première fois ; si la résurrection du gaz avait semblé heureuse, cette survie-ci lui apparaissait plus grotesque. Moins justifiée.

Jeanine se rendit néanmoins à l'Hôtel-Dieu le lendemain, par sens du devoir familial. Sans étonnement, elle tomba alors sur une Isabelle plaintive et coléreuse, que ce petit jeu commençait à fatiguer. C'est qu'il en fallait du courage pour manœuvrer la mort, alors pourquoi la vie se montrait-elle si cruelle, au point de lui retirer le mérite de ses manigances ? Pourquoi le dernier projet de sa vie se refusait-il à aboutir ? Et ce pauvre Michel, abîmé par ces accidents répétés : chaque fois rendu plus débile, chaque fois laissé plus vivant. Avec la mauvaise foi que génère le chagrin, la conciliante catholique qu'avait été Isabelle en voulait à sa famille, en voulait à ses voisins, en voulait à la terre entière et avant tout, en voulait tant à Dieu.

« S'il était bon, il comprendrait », disait-elle en boucle à Jeanine, quand celle-ci venait lui rendre visite. D'abord à l'hôpital et bientôt à son domicile, dans l'escalier duquel Jeanine évitait d'adresser la parole à la voisine d'Isabelle, celle qui l'avait sauvée du gaz et à qui la rescapée en voulait cruellement.

Jour après jour, et tandis que la souffrance subie par son mari augmentait, Isabelle cessa de croire et corrélativement de parler. « Le verbe est divin, mais le divin n'est pour moi plus rien et je me tais », avait-elle écrit sur la table de la cuisine, pour, auprès de ses proches, justifier son silence. Cela dura un an. Puis Michel mourut, seul, et Isabelle, pour faire son deuil, réapprit à se servir des mots. À la mort de son mari, elle perdit tout le mauvais caractère qui était né avec son suicide raté, explique Jeanine, et elle devint douce et désespérée. Riant parfois quand on lui parlait, comme on pleure. Il était toujours difficile de voir cette marraine, comme il est difficile de voir changer ceux que l'on a aimés, mais cela n'était plus inutile. Isabelle, depuis la mort de l'aimé, réclamait du réconfort. Sans son époux, elle redevenait une chose fragile, une dame âgée qui en fin de vie s'y accroche. Sa témérité, avec Michel, avait disparu. Certes l'idée du suicide la reprenait, parfois, surtout quand elle songeait à son bonheur d'avant, mais elle n'avait plus le courage de précipiter une mort, qui, de toute manière, ne tarderait pas : pour ce qu'il reste à attendre, elle pouvait bien attendre… À l'heure où je termine ce chapitre, Isabelle vit encore. Elle aura 100 ans le mois prochain.

57

Il y aurait beaucoup à écrire sur ces villes de province à la retraite, ces stations balnéaires désaffectées qui, en hiver, pareilles aux personnes âgées, patientent sans se faire remarquer. Nul sang frais pour leur tenir compagnie. Les enfants et les petits-enfants sont partis avec l'été et les boutiques qui animaient leurs cœurs sont désormais fermées. Entourées de forêts froides, de pans d'océan frissonnants, ces villes n'ont plus d'activité autre que celle de bercer les fins de vie de quelques résidents locaux. Près de la mer, ils semblent n'être plus qu'une centaine. Trois repas comblent leurs journées. Un traiteur, une boulangerie et un coiffeur demeurent ouverts, face à l'église. Un PMU aussi, où le matin s'agitent quelques dames âgées, quelques hommes éprouvés. Elles consultent des iPad dont elles oublient souvent l'usage, ils cherchent dans l'Heineken des souvenirs de souvenirs. Il ne se passe plus rien ici, que l'attente d'un peu de tendresse : un mot gentil du boucher, la naissance du petit dernier. Comme nulle part ailleurs, la politesse est ici primordiale. On se souvient de ceux qui nous ont dit bonjour, de celles qui nous ont dit merci. On se rappelle les histoires aussi, les répétant autour de nous. Ce sont souvent les mêmes anecdotes, jusqu'à ce qu'une nouvelle jaillisse. Dans cette ville retraitée aux commerces disparus et aux familles éloignées, les mots sont ce qui reste.

Comment expliquer, dès lors, que Jeanine et son époux aient élu l'une de ces villes pour y investir dans l'immobilier ? Pourquoi est-ce plus précisément dans un recoin de Notre-Dame-de-Monts, bourgade de Vendée jamais tout à fait déserte ni tout à fait habitée mais qui, à tout endroit, sent les algues et l'anémone, si bien qu'on y a l'impression d'être confiné dans le tambour d'un lave-linge à l'eau de mer, pourquoi est-ce dans cette ville vendéenne de vifs rires estivaux contrebalancés par de longs silences hivernaux, pourquoi est-ce là qu'ils ont placé leurs économies, *un cocon pour les vieux jours*, ceux où la vie ne sera plus constituée que de bordures d'emploi du temps ?

À défaut de le comprendre, je sais qu'il y eut, là-bas, de beaux étés. Je me souviens surtout le soir des cheveux asséchés après les parties de brasse trop longues et des macédoines de légumes qui suivaient, recettes douteuses d'une Jeanine qui craignait l'eau de mer et préférait, les après-midi chaudes, dériver en robe à la rencontre des humains plutôt que plonger en maillot au contact des méduses. La rencontre la plus marquante qu'elle fit, à cet âge d'or familial, fut celle de Vincent. Péruvien pauvre, il avait ouvert sa boutique de bonnets, bougies et autres pull-overs à capuches aux couleurs contradictoires, au coin de la rue où nous habitions. À l'époque, elle me parlait beaucoup de lui, trop peut-être, si bien que j'ai, dans mon souvenir, tant de détails à restituer que le choix m'embarrasse.

Une chose s'affirme toutefois avec évidence : Vincent était toujours fatigué. Ou, du moins, se décrivait-il éternellement comme tel à Jeanine. Mais qui, par les temps qui courent, ne se dit pas fatigué au moins une fois par jour ? N'a-t-on pas dénombré en 2015 une moyenne allant de cinq à onze « je suis fatigué » par jour et par habitant en France, soit environ 3 500 reconductions de la plainte pour une année et par visage ? Aussi Jeanine prenait-elle les soupirs péruviens à la légère. Et même quand Vincent lui confia ses envies de suicide, Jeanine sourit sans crédulité, polie face à cette nouvelle menace de mort qui paraissait, finalement, n'être qu'une manière d'exister. Car elle l'avait perçu au premier contact : Vincent peinait à s'affirmer. Originaire d'un petit village du nord du Pérou, près de Sipán, il n'était venu en France que sur les traces de son père qui lui avait donné son prénom et racontait à qui voulait l'entendre que l'Hexagone, qu'il avait quitté pour une femme, était Byzance. Mais les espoirs de vie nouvelle de Vincent avaient vite été déçus et, près de l'océan Atlantique, de ne pouvoir partager avec personne sa langue natale, sa culture et ses souvenirs, Vincent, cruellement, s'emmerdait.

Son ennui, toutefois, n'était pas spécifiquement dû à la Vendée : l'accablement était peut-être même constitutif de Vincent, comme la plainte ou la joie le sont pour d'autres. Au Pérou déjà, c'est une attente creuse et sans objet qui rythmait son quotidien, seulement cette attente était alors allégée d'être côtoyée sans cesse par les attentes de ses proches, qui partageaient son tempérament. Là-bas il n'était qu'une liane parmi les autres lianes de la forêt ; en Vendée, il se sentait comme un bouleau égaré sur une plage. Et personne ne passait jamais le pas de sa boutique sud-américaine, et ses bonnets de laine bigarrés s'endormaient sur leurs étalages, et ses bougies odorantes ne réchauffaient nulle autre âme que la sienne.

Non loin du site archéologique de Sipán, plus jeune, il avait vécu entouré d'une cinquantaine de personnes, « membres de sa famille », avec qui il avait élaboré une inédite culture qu'ils partageaient entre eux sans la partager avec aucune autre fraction de l'univers. Vincent parlait notamment une langue que Jeanine ne comprenait pas et dont il prétendait avec une tangible fierté (sa voix montait, ses sourcils formaient un angle inédit) qu'elle n'existait que dans son seul village : cette singularité des tribus était par chez lui monnaie courante. Certes, certaines langues et traditions latino-américaines étaient de vastes conglomérats sociaux, mais la plupart des cultures amazoniennes ne survivaient qu'en petites communautés, parfois d'à peine une poignée de familles. La sienne, ses histoires, lui manquaient.

Tant et si bien que ce manque donnait lieu à de violentes crises d'asthme qui isolaient Vincent du monde de l'action en l'obligeant à se réfugier, y compris l'été, dans des tricotages pour sa boutique, quelques méditations à la bougie, des sermons de Bossuet sur la mort que par cœur, en français et pour la beauté du geste, il avait appris. Son épouse, une Française rencontrée à Paris où venant de Vendée elle n'était que de passage, comme lui, ne comprenait rien aux humeurs physiques et mentales de son mari. Et si elle le berçait de tendresse comme elle le pouvait, elle sentait toutefois un halo d'impuissance les entourer, malgré elle et malgré lui. Quand, entre deux crises d'asthme, au fond de la boutique, il disait « Flora », il semblait toujours vouloir en dire plus sans y parvenir, comme coupé de son langage parce que coupé de son pays, « Flora », et il y avait dans sa voix la même imploration que celle d'un enfant malade qui veut et ne veut plus continuer à vivre, imploration que la silencieuse Flora semblait mettre sous le tapis d'un baiser. Jeanine avait de la sympathie pour ce couple bizarre et triste, dont l'un lui avait dit qu'il voulait en finir et l'autre ne finissait jamais de l'empêcher de le dire.

Pourquoi Jeanine n'avait-elle pas pris la menace de mort au sérieux, l'après-midi où Vincent la lui avait confiée ? Probablement parce qu'elle infantilisait mentalement son interlocuteur et qu'un enfant ne meurt pas, probablement aussi parce que le thermomètre affichait en ces temps-là 32° et que, dans l'avenue de l'Océan où se tenaient leurs échanges, des pères parlaient à leurs petits garçons des pommes d'amour qu'ils comptaient leur offrir le soir même. Qui oserait jamais gâcher une telle fête d'été ?

Mais vint l'hiver. Et l'hiver, l'Océan n'avait pas la même odeur. Les âges augmentaient, les humeurs et les degrés chutaient. L'hiver, aucune pomme d'amour n'était là pour divertir votre dépression, dans les PMU on pouvait entendre deux femmes se réjouir de leur tournée des cimetières à venir tandis que Radio Nostalgie résonnait sans discontinuer, et les 35 ans de Vincent, coincés dans cette ville à l'âme deux fois plus âgée, ces 35 ans, pareils à la peau d'une pomme laissée trop longtemps dans son saladier à l'air libre, prématurément ridaient. Alors la mort : Vincent avait avalé une demi-bouteille de white-spirit et, c'est du moins ce que Jeanine s'imaginait, avait recommencé de sa voix d'enfant dépressif : « Flora. » Ladite Flora avait alors pleuré – c'est du moins ce qu'elle raconta à Jeanine – comme elle n'avait jamais pleuré : « J'avais l'impression d'être devenue le lac de la cordillère des Andes. » Quand Jeanine apprit le drame et que celui-ci, pareil à ceux d'Isabelle, avait échoué (un échec à ajouter à l'existence de Vincent), elle se rendit presque aussitôt à la poste pour rédiger, sur le coin du comptoir, une carte pour le couple de Vendée. Elle la glissa ensuite dans le colis d'un livre, à l'adresse de l'hôpital, songeant que cette adresse serait sa dernière adresse française, puisque après s'être remis de ce suicide raté il repartirait au Pérou, emmenant avec lui la conciliante Flora, et emportant aussi, elle l'espérait, ce livre d'Hemingway qu'elle lui dédiait, qui parlait de soleil et qui, elle croyait s'en souvenir, finissait bien. « Vous allez retrouver les histoires de chez vous. Courage ! » avait écrit Jeanine sur la page de garde. C'est que pour Vincent, comme pour les autres, les mots n'étaient-ils pas tout ce qui reste ?

58

Aujourd'hui encore, la petite fille de cent ans vient prendre son muffin cookie et son lait vanille au Café de l'Océan. Aujourd'hui encore, elle éventre le gâteau pour en retirer les pépites de chocolat que son dentier ne supporte pas. Aujourd'hui encore, elle en fait tomber certaines sur sa robe plissée. Aujourd'hui encore, la boisson qu'elle tient serrée entre ses deux mains ridées est brûlante, et elle plisse le nez. Aujourd'hui encore, ses chaussons orthopédiques suspendus à un décimètre du sol laissent deviner ses varices suintantes. Aujourd'hui encore, elle peine à descendre de sa chaise et manque de s'effondrer. Aujourd'hui encore, elle sourit au moment de payer et souhaite à tous la bonne journée. Aujourd'hui encore, Jeanine observe cette Jeanne Calment du bord de mer d'un œil humide et tendre – espérant que demain encore.

59

De même que Michel Houellebecq avait vendu aux médias la mort de sa mère quand cette dernière était pourtant bien vivante et en colère, sur l'île de La Réunion, de même Claude Vorilhon, alias Raël, prétend à l'inexistence de son père, sa mère étant censée l'avoir conçu avec des extraterrestres ; et ceux-là ne sont pas les seuls à tuer médiatiquement leurs parents : Jim Morrison voulait que son paternel, l'élégant George Stephen Morrison, soit mort à la guerre – ses parents feront d'ailleurs inscrire sur sa tombe cette épitaphe fascinante : « Il fut fidèle à ses démons » –, quand Antonin Artaud alla jusqu'à tuer ses parents pour se donner naissance à lui-même : « Moi Antonin Artaud, je suis mon fils, mon père, ma mère et moi… »

On trouve fréquemment, chez les mégalomanes façonnant leur propre monde (ou leur propre secte, ce qui revient encore à faire éclore un monde), le désir de faire disparaître celui d'avant. Il y a la possibilité de transformer, pour préserver les proches tout en se construisant loin d'eux, il y a la possibilité de changer de ville, pour s'éloigner des individus-souvenirs trop attachés à soi, et puis il y a la possibilité de tout faire disparaître, intégralement. On tue parents et références pour mieux prétendre avoir été créé ex nihilo et, qu'ainsi, soi-même, l'on crée ex nihilo.

Ce phénomène obsède et fait frémir Jeanine, dépourvue de toute velléité à mener une vie publique et qui n'a jamais compris la mégalomanie que comme une de ces névroses théâtrales et lointaines qu'on observe dans des films américains mais qui ne nous concernent en rien. « Si tu annonçais un jour au monde ma mort, me confia-t-elle dans un message éclair un jour, je crois que j'en MOURRAIS. »

60

Un dimanche suivant les attentats du Bataclan, passablement perdue face aux récents événements en -isme subis par la France, événements qu'en soixante ans d'existence elle n'avait jamais côtoyés d'aussi près, Jeanine fut traversée par une impression nouvelle : celle d'être partie intégrante d'un livre d'histoire, coincée dans la frise chronologique gris foncé *2015 : la crise de régime* et se demandant, tel un élève ayant oublié la logique interne de l'époque étudiée, si la frise de la page suivante passe au noir ou s'éclaircit. Sous ses mains ce midi-là, des carottes ; c'est une pratique courante que celle de manger ou de faire à manger pour n'avoir pas à penser, et Jeanine épluche souvent les légumes orange dans ce seul but, sans foi ni désir, simplement pour s'aérer l'esprit, s'offrir un objet de concentration autre que celui proposé par la chaîne en continu à trois consonnes. Car non seulement se sentait-elle sommée, depuis quelques semaines, de ne parler que de l'actualité, mais surtout se sentait-elle contrainte de ne *penser* qu'à elle. Il lui semblait en fait qu'un gourou visionnaire contrôlait ce qu'il advenait dans les esprits des citoyens, et que toutes les personnes osant débattre d'autre chose que Daech ou Le Pen devenaient fautives, à la manière de ces enfants qui lisent sous la table au lieu d'écouter la leçon, prenant ainsi le risque de se faire réprimander par le professeur d'un instant à l'autre, or pour rien au monde Jeanine ne voudrait... Une sonnerie de portable la fit déraper. Elle s'enfonça subtilement le couteau dans l'index, traversa une légère panique qui la fit pousser un « aïe » sourd avant d'agripper, d'une main sale, l'engin de communication – la panique s'accrut alors. Sur l'écran de son portable, une photo de la mosquée de Rezé qu'elle fréquentait l'an passé pour ses cours d'arabe et qui avait fermé à la suite des attentats du 13 novembre pour suspicion de pratiques salafistes. Sous l'image, un message : « Par Allah le Très-Haut, tu vas pouvoir retourner au cours bonne nouvelle. »

Un an plus tôt, Jeanine aurait accueilli ces mots avec fossettes, mais aujourd'hui, la psychose française généralisée ayant raison de sa bienveillance et les épisodes traumatiques d'une part de son éternelle candeur, elle s'inquiéta. Du numéro inconnu qui lui vantait les mérites d'Allah, de ce numéro qui n'est ni celui de Moussa, ni celui d'Alvirah, pas plus que celui de Carmen, de ce numéro qui connaissait visiblement sa vie privée et sa pratique des mosquées, oui de ce numéro, Jeanine prit peur.

« Qui êtes-vous cher "ami" ? » fut néanmoins la réponse qu'elle composa une fois ses mains débarrassées de tout coulis orange. Mains qu'elle posa ensuite sur le volant de sa voiture et qu'elle bougea de sorte à se rendre au commissariat de police le plus proche, où elle souhaitait recevoir quelque sollicitude. Au moment du dernier coup de frein, et juste avant qu'elle n'éteigne le moteur, son mobile s'agita de nouveau ; c'était toujours le numéro inconnu, et celui-ci se présentait cette fois comme « Un ami d'Allah le Très-Grand, qui l'embrassait, inch'allah ». Jeanine bondit hors de sa voiture, avançant d'un pas décidé vers le bureau de police de Rezé où elle entendait bien, cette fois, déposer une main courante. Dans la file d'inscription pour le dépôt de plainte, elle songea toutefois à demander son « nom d'élu » à l'intimidateur téléphonique – détail qui pourrait faciliter le travail des protecteurs de la fonction publique. La réponse d'Abou Gurwann Islam fut immédiate, que Jeanine recopia sur un papier sans réfléchir avant de rejoindre un policier pour lui raconter son épopée avec emphase.

Ils allaient appeler l'homme, expliqua le policier ; pouvaient-ils le faire avec son propre numéro pour gagner en chances d'obtenir une réponse immédiate ? Jeanine acquiesça : voulaient-ils qu'elle l'appelle elle-même ? Se sachant ici en sécurité, elle pouvait le faire. Une minute plus tard, donc, dans un mélange de vrai courage et de fausse assurance, Jeanine composa les dix chiffres de toute son inquiétude. Une voix masculine décrocha aussitôt, étonnamment souriante. « Bonjour, mon ami d'Allah », fit en retour la plaignante, non sans un clin d'œil complice au policier. Mais la réaction de l'interlocuteur déjoua l'ambiance de pistage en vigueur : au bout du fil, Abou Gurwann éclata d'un rire que ma mère connaissait bien.

« Gurwann, ah c'est toi – tu es en sécurité ? » entama-t-elle, tournant le dos aux yeux ébahis de l'agent de police chargé de la déposition. Puis de s'entretenir avec l'inconnu comme s'il s'agissait d'une vieille connaissance, prenant de ses nouvelles, d'autres de sa mère, de son métier, de ses loisirs, et entendait-il bientôt se marier ? « Madame, je peux savoir ce qui se passe ? » Et Jeanine, comme prise la main dans le sac, sursauta avant d'acquiescer : oui, pardon, elle allait raccrocher.

« Rappelons-nous, Gurwann, à charge de revanche » – s'ensuivirent des excuses au policier : elle aurait dû s'en douter, il s'agissait d'un gag, les menaces étaient le fait d'un ami de sa fille qu'elle connaissait bien, cela arrive, c'est qu'il en fallait des blagues pour vivre heureux, il en fallait des rires, n'est-ce pas ? Loin de manifester le moindre signe d'empathie, l'homme à l'uniforme dont la colère accumulée au cours de la semaine passée explosait soudain gonfla ses joues d'air, ses yeux d'animosité, et réprimanda Jeanine avec la plus grande sévérité. Ce qui, cette manière de gueuler injustement, rappelait à ma mère ses crises de couple passées et agissait sur elle comme un électrochoc, lui donnant une puérile envie de pleurer. Qu'on l'excuse, elle ne savait pas qu'il s'agissait d'une blague en arrivant… Eh bien elle aurait dû : on allait quand même finir la déposition, et tant pis pour son ami.

Et de se mettre à taper sur son clavier avec les gestes saccadés de la mauvaise foi. Un quart d'heure plus tard tout s'achevait et Jeanine rentrait à sa Rover penaude, tiraillée entre la honte d'avoir pris au sérieux l'humour et l'envie de raconter sa drôle de bévue à toute la ville. C'est finalement la joie qui l'emporta, et dans sa Rover, devant les drapeaux en berne du commissariat, Jeanine ralluma une radio où, précisément, on évoquait le potentiel comique de Daech et de ses affiliés, le potentiel ridicule de toute cette mascarade… « Leur problème, c'est qu'ils prennent les choses trop sérieusement, l'autodestruction étant elle-même une forme d'estime de soi », entendit-elle dire un chroniqueur sur les ondes, qui cherchait à prouver qu'un sérieux si sérieux en devenait grotesque, forcément grotesque, mais que malheureusement, et l'EI n'était pas le seul à témoigner de ça, imposer son ridicule, faire peur avec son ridicule, pouvait aujourd'hui être une forme de puissance suprême. Un ridicule effrayant, donc, et cette expression amusa Jeanine, un ridicule effrayant oui, et Jeanine maintenant riait, seule dans sa Rover, trouvant sa mortification passée de plus en plus absurde et de plus en plus extraordinaire, de plus en plus inutile et de plus en plus ridicule, et plus l'émission de radio avançait plus Jeanine souriait, repassant dans son esprit l'épisode de psychose imbécile qu'elle venait de traverser, et tout en souriant, comme d'habitude, Jeanine prit ses résolutions, jurant à l'univers que non, à la méfiance, on ne l'y reprendrait plus.

61

Mais combien de fois notre bavarde a-t-elle juré, déjà, qu'on ne l'y reprendrait plus ? « Je suis en colère contre moi, tu ne peux pas savoir comme je suis en colère contre moi », à combien de reprises, dans son existence, a-t-elle prononcé cette phrase ? Et combien de fois, dans la foulée, a-t-elle couru acheter le dernier exemplaire en vente de *Marianne*, dont les couvertures incriminant les élites (*Ces élites qui crachent sur la France, Hollande secoue-toi, il y a le feu, Pouvoir, justice, médias, on nous ment, Méfions-nous du bal des faux culs…*) la soulagent de sa tendance à l'auto-culpabilisation, comme si le seul moyen d'alléger sa honte consistait à la projeter sur un autre, et peu importe dès lors que le magazine ne soit en mesure de convaincre que ceux qui sont déjà convaincus, puisque c'est justement ce qu'elle cherche, des alliés pour la délester de sa culpabilité intime en lui offrant la possibilité d'une furtive culpabilisation d'autrui.

Il y a dans cet élan quelque chose de juvénile, une réaction vive et spontanée pareille à celle de l'adolescente s'apercevant que le royaume féerique promis par ses parents enfant n'est pas, ne sera jamais, et qui en réaction prête allégeance au Che ou à Henry

David Thoreau pour enfin, par ses propres moyens, découvrir la Vérité. « Ah, je suis en colère contre moi, ça ne m'arrivera pas deux fois », répète à nouveau Jeanine nerveuse, « quelle colère », et elle feuillette de nouveau son *Marianne*, mais plus doucement déjà, « quelle colère », mais elle ne pense plus sincèrement à ce qu'elle dit, ou le pense différemment, sur une tonalité plus théâtrale, imitative, « quelle colère », et prise d'une pensée émanant d'on ne sait quel territoire aux antipodes de l'humeur noire qu'elle vient pourtant de traverser, ayant en un instant régénéré son innocence ou, peut-être, inconsciemment soucieuse de ne pas faire d'amalgames, la voilà qui envoie un message à Moussa : « Mon AMI, comment vas-tu ? As-tu besoin d'aide ??? », puis, attendant sa réponse, qui se dirige, et cette fois paisiblement, vers le parc voisin pour une promenade.

62

Pour les lieux que personne avant soi ne semble n'avoir abordés, les espaces non couverts par Wikipédia, il est tentant de ne donner qu'une définition négative : se satisfaire, pour parler du parc de la Morinière de Rezé, d'affirmer qu'il ne possède pas plus la promenade des Soupirs du Luxembourg, que les grottes de corail des jardins de la Wilton House, rappeler que contrairement au parc Monceau, il n'abrite aucune ruine du temple de Diane et qu'à l'inverse du jardin du Panthéon, vous n'y trouverez pas le moindre bouddha sculpté, aucun bambou.

Certes, c'est un parc qui ne hante aucun manuel scolaire de géographie, un paysage absent du *Guide du Routard*, et lorsqu'on s'y promène, ni le fantôme de Rousseau, ni celui de Catherine de Médicis ne vient jamais vous visiter, mais aux yeux de Jeanine, toutefois, c'est un endroit doté d'une âme plus importante que toutes les vallées mythiques, un jardin sans majuscule cachant ses lacs de rêveries.

À la Morinière, que l'on pénètre en catimini par le secret chemin de la Motte, Jeanine se promène souvent le dimanche, TENANT SON CHIEN EN LAISSE, comme l'exigent les panneaux majuscules hurlant à chaque angle des terrains. Entre les toboggans sans files d'attente et les aires de jeux désertes, Jeanine avance, trottine, fait sa promenade du jour en ne pensant à rien qu'à la beauté des trois hectares de verdure qu'elle foule de ses pieds, à la grâce discrète des séquoias et des ginkgos biloba, et même des sophoras pleureurs, dont elle jouit d'ailleurs sans en connaître les noms, et peut-être quittera-t-elle le monde sans les avoir jamais entendus, ces noms, et sans doute ne s'en portera-t-elle pas plus mal.

Quand elle parcourt le parc à pied, il est fréquent que Jeanine s'arrête face à l'immense cheminée de brique jouxtant un vieil étang. Au pied de celle-ci, de minces barres en métal pareilles à des barreaux esquissent l'idée d'une prison. Confiante dans les affabulations de mon père, j'ai d'ailleurs longtemps cru qu'il s'agissait d'un cachot pour elfes, le Fleury-Mérogis des petites créatures magiques, et il m'arrivait même d'y déposer secrètement, entre deux barreaux le mercredi, une partie de mon goûter.

Comment aurais-je pu connaître le passé industriel du paysage et savoir que la cheminée n'était pas un bagne merveilleux, mais un strict résidu de tannerie, le dernier reste d'une d'usine où l'on fabriquait, jadis, quand les enfants ne s'y promenaient pas, des guêtres pour l'armée ? Ce n'est du moins pas ma mère qui me l'aurait appris, puisqu'elle-même n'en savait rien, pas plus qu'elle ne connaissait l'histoire du manoir devant lequel nous passions pourtant hebdomadairement, le passé du grand lac, ni l'anamnèse du gardien des lieux.

Enivrant, de songer à tous les espaces que nous traversons sans en sentir les fantômes ni en éprouver les histoires, ignorant qu'Henry Miller a déjà foulé la ruelle de Pigalle où nous nous bâfrons d'une galette, méconnaissant que Dupont de Ligonnès a fait un plein d'essence dans l'aire de l'autoroute A8 où nous pissons, et que ces mêmes cabinets ont été le théâtre de la masturbation d'un membre de la Comédie-Française – nous nous contenterons d'y refaire un lacet. Mais plus vertigineux encore que de sentir notre ignorance : songer aux milliards de récits alternatifs échafaudés dans ces même lieux, par lacune et pour le plaisir, dans la jouissive liberté qu'offre le non-savoir. Si le savoir est du fini défini, l'ignorance a cet avantage qu'elle comprend à la fois le réel formé et le réel malléable : l'ignorance invente, quand le savoir ne fait jamais que restituer.

La grande cheminée de brique du jardin, pour Jeanine, n'était ni prison ni ruine de tannerie, mais le conduit d'évacuation d'une ancienne manufacture de coton tout droit sortie d'un ouvrage de Dickens : elle n'aurait pas été surprise d'en voir débouler un Oliver Twist affublé d'une casquette anglaise. De manière similaire, si la bâtisse du parc de la Morinière n'a jamais, dans l'idée toute personnelle que s'en faisait Jeanine, porté le nom du *Petit Choisy-sur-Sèvre* – manoir qu'un certain Henry Suzen, à la tête d'une tannerie de Bretagne, fit bâtir dans les années 1970 – celle-ci fut en revanche, dans son imagination, le logement de fonction d'un couple venu d'Australie. « Des hauts dignitaires de la finance », s'était-elle persuadée pour avoir vu, une après-midi, deux blonds vénitiens entrer dans le manoir en discutant du cours de la Bourse avec un vague accent anglais.

Et combien y eut-il d'autres songes absurdes et rares, émanant de l'ignorance féconde de Jeanine ? Des bitoniaux sous le lierre changés en serrures secrètes, des bâtons tordus dans l'herbe qui se transformaient en couleuvres ? Par ignorance des décharges électrostatiques disruptives, dans la mythologie, la foudre se fit arme de Zeus et le tonnerre celle du dieu Taranis. On ne dira jamais assez combien tout ignorer d'une chose est l'occasion rêvée de déclencher ce geyser de récits jaspés qu'est l'imagination.

63

La présence de jeunes inconnus dans sa maison, du mystère qu'ils drainent avec eux, cette présence lui donne l'impression de disposer d'une seconde adolescence. Aussi, en dépit des locations difficiles qu'elle traverse, Jeanine reprend toujours chez elle un locataire ou deux, pour un mois ou deux, dans une pièce ou deux – de quoi avoir toujours, en cours de route et dans la tête, une péripétie ou deux. Derniers en date, Sébastien et Romaric arrivèrent donc en septembre. Roux et romantiques, le premier travaillant vaguement dans le bâtiment, le second lycéen de 22 ans, ils paraissaient pudiques et amoureux : ils charmèrent Jeanine.

« Vous dormirez dans le lit de Kareski, expliqua-t-elle au jeune couple. Il est en prison désormais : la place est libre. »

Les garçons opinèrent du chef sans trop rien y comprendre, à la fois gênés et impatients d'investir leur nouveau terrier. Tout en leur présentant ce qui un jour avait été ma chambre, ma mère proposa aux deux jeunes quelques gags de sa spécialité dont une audacieuse blague négative, qui ne fit pas grande impression (« Comment appelle-t-on un grand rouquin ? Un coton-tige usagé »), puis elle retourna dans sa cuisine, s'abreuver des humoristes de passage dans l'éternel dimanche de Drucker. Quand, à 23 heures, elle entendit la douche des garçons se déclencher, un frisson la parcourut : et si Sébastien et Romaric étaient eux aussi de jeunes festifs, voire, pire, des consommateurs de substances illicites ? Et si le cauchemar Kareski recommençait ? Fébrile, elle se prépara une bouillotte et grignota un carré de gâche avant d'aller au lit et, comme à son habitude, de s'endormir pour oublier.

Le lendemain, elle attendit impatiemment que les deux garçons sortent de leur tour d'ivoire : sous prétexte d'un café, elle entendait éprouver leur niveau de dévergondage, s'ils fumaient, s'ils sortaient, s'ils buvaient et pratiquaient le sexe libéré. Pas qu'elle ait quelque problème moral avec cette idée, non, mais elle connaissait son caractère anxieux qui ne pourrait, si tel était le cas, retenir quelques tracas. Seulement ni Sébastien ni Romaric ne descendirent ce jour-là, pas plus d'ailleurs que le suivant. Au troisième, Jeanine commença à s'inquiéter et se promit de pousser leur porte s'ils n'avaient pas passé la sienne avant 18 heures.

« Est-ce que tout va bien ? brailla-t-elle donc, comme affrontant la tempête d'un silence.

— Très bien, madame, firent aussitôt les timides timbres de concert.

— Vous ne comptez pas mettre vos nez dehors ? » ajouta Jeanine, inquisitrice décomplexée.

Et Romaric de lui répondre qu'ils avaient fait les courses avant-hier et profitaient du week-end pour se ressourcer à la maison, qu'elle ne s'inquiète pas pour eux.

« Je vous laisse bronzer à la lumière de vos écrans, alors, d'accord », et elle n'insista pas.

Le lendemain à l'aube, entendant la porte d'entrée grincer, Jeanine se cacha pour, derrière la porte de son domaine, observer secrètement les jeunes quitter sa maison. Sébastien portait sur une épaule un sac à dos délavé et Romaric s'improvisait jongleur, faisant rebondir dans sa main deux clés. La voiture ne démarra pas en trombe, comme Jeanine s'y attendait, mais quitta au contraire l'impasse avec une lenteur *semblable à celle de l'érosion*, tant de lenteur en vérité qu'elle en fut vite agacée. Une courte heure et demie plus tard, pourtant, Romaric rentrait.

« Vous avez été plus long à quitter l'avenue qu'à y revenir ! » remarqua Jeanine avec la voix malicieuse d'une poissonnière n'exerçant son métier que pour les ragots du village. Et Romaric de lui expliquer qu'il s'était contenté d'aller déposer Sébastien au lycée, qui se trouvait à trois quarts d'heure de la maison si bien qu'il lui faudrait se lever à l'aube chaque jour, mais que ne ferait-on pas, etc. Acquiesçant vigoureusement, Jeanine n'osa pas questionner Romaric quant au choix de son jeune ami pour le lycée le plus distant de la Loire-Atlantique, et l'osa d'autant moins quand Sébastien lui expliqua qu'il peinait à faire fonctionner sa voiture, vieille Citroën achetée d'occasion sur Le Bon Coin (« AFFAIRE ! »), mais qui nécessitait qu'on change en permanence ses pièces, si bien qu'elle lui revenait aussi cher qu'une voiture neuve. Certaines personnes ont l'art d'aller au plus compliqué.

Jeanine ensuite s'enquit de comprendre à quoi Romaric occupait son temps quand son amoureux travaillait les basiques du bac blanc. Oh, à la fin du mois il travaillerait un peu, mais pour le moment il rangeait, savourait des films, s'essayait aux siestes. Comme un retraité en somme, commenta Jeanine, invitant par là Romaric à sourire. Cela le fit s'éclipser : il avait une douche à prendre mais elle, qu'avait-elle à faire ? Jeanine ne répondit pas.

La beauté de l'existence d'un retraité réside peut-être en ce qu'il ne s'y passe jamais rien. Chaque jour s'étend indéfiniment pour mener inexorablement au jour suivant, enflant telle une bulle de promesse jusqu'à atteindre le point où il éclate presque, lorsqu'à l'heure bleue, avant le dîner, les bruits de la maison changent de tonalité, indiquant que le retraité est conscient, aujourd'hui, d'avoir fait son possible. Le repos mérité et tandis que les chiens dehors poussent leurs dernières plaintes, il s'installe devant son poste de télévision. Là, il se laisse bercer par le spectacle son et lumière miniature de son salon et il attend, comme un petit, que le marchand de sable apparaisse.

Une nuit, un grand cri réveilla Jeanine – cri qui la mit sur ses pieds tel un ressort et la fit se diriger vers l'étage des deux roux ; allait-elle les retrouver ivres morts, l'un disposé à frapper l'autre ou pire, l'un menotté et prêt à cheminer vers la prison, comme ses fils de substitution jadis ? C'est le regard grave et la tachycardie naissante que Jeanine frappa à la porte des jeunes garçons.

« Est-ce que tout va bien ?

— Très bien, madame, firent aussitôt les deux voix ensommeillées, de concert.

— Vous n'avez pas hurlé à l'instant ? » demanda-t-elle encore.

Et Romaric de lui répondre qu'ils étaient au contraire sur le point de s'endormir, et que, si ça ne la dérangeait pas…

« Je vous laisse dormir alors, d'accord » – et elle n'insista pas.

L'épisode se reproduisit quelques jours plus tard : encore une nuit, encore un cri. De nouveau le ressort et le cœur qui accélère et la dénégation des jeunes garçons, n'ayant toujours pas bougé – « Je perds la tête », s'angoissait Jeanine sur ma boîte vocale. Ce qui, cette paranoïa psychiatrique, prit fin quelques jours plus tard quand, à l'heure du verre de vin et de la télévision, Romaric vint la trouver.

« Comme on vous entend beaucoup crier la nuit, on se demandait si vous alliez bien ces temps-ci…

— Moi, crier ? fit Jeanine, les yeux ronds comme deux bouches.

— Oui, parfois c'est juste un cri, d'autres fois ils s'enchaînent, et puis il y a ces deux fois où vous êtes carrément venue nous voir comme en transe… »

Ma mère se mit à rire, actrice minaudante à qui on annonce qu'elle a été prise en photo à son insu, puis s'excusa de l'éventuel désagrément qu'elle avait pu causer aux garçons. Lesquels se répandirent aussitôt en éloges quant à l'accueil qui leur avait été fait depuis leur emménagement puis expliquèrent à ma mère qu'ils ne pouvaient rester à discuter plus longtemps mais lui souhaitaient belle nuit, exempte de démons si possible. Quand ils eurent disparu, Jeanine poursuivit son rire, prenant cette fois son chihuahua à témoin. Ainsi, c'était donc elle, la dévergondée de la maison ? Elle « la vieille peau », comme elle aimait à s'appeler, qui désormais inquiétait la jeunesse avec ses agitations ? Ainsi c'était elle qui vivait trop puissamment, trop bruyamment, elle qui troublait le silence des âmes ? Cette idée novatrice la comblait.

Il y a des idées qui, pour peu que vous les ayez en tête, reconfigurent votre perception du monde et après l'épisode du tapage nocturne, Jeanine n'envisagea plus ses jeunes locataires de la même façon. Leurs corps sans rides ne la faisaient plus souffrir d'un complexe d'âge : désormais, elle s'étonnait plutôt que les deux roux ne sortent jamais le soir tandis qu'il lui arrivait occasionnellement, à elle et une amie de passage, de se rendre au cinéma jusqu'à 22 heures. Elle peinait à comprendre qu'ils n'entament pas de bouteille tandis qu'elle vidait, et chaque jour, deux verres de vin rouge. Elle saisissait mal, enfin, leurs allures de vampire, leurs peaux blanches dépourvues de toute mélatonine : n'enfonçait-elle pas, pour sa part, son nez dans les plantes à l'arrivée du soleil ? Non, décidément, ces deux garçons étaient bien poussiéreux pour Jeanine : d'où vient qu'on ne leur avait toujours pas, à presque 25 ans, appris à rajeunir ? À leurs côtés et par la seule force de sa pensée, ma mère savourait de retrouver ce qu'on espère en se prêtant à la chirurgie plastique, aux transferts d'hormones, aux teintures peroxydées, par le strict pouvoir d'une comparaison avec ses vieux locataires de 20 ans, Jeanine se sentait jeune.

64

Il n'est pas possible de continuer à étaler le beurre quand son enfant a disparu. Même le dimanche dans une ferme des années 1950, quand ce beurre pourtant se fait rare, même quand on sait qu'interrompre un kouign-amann dont on avait promis la confection deux semaines plus tôt est une garantie de déception, même quand les ânes du jardin, derrière la fenêtre, vous encouragent d'un frétillement d'oreille et que vos trois autres enfants, bien portants, raillent affectueusement votre panique. Il n'est pas possible, malgré tout cela, de continuer à cuisiner alors qu'une fillette de 5 ans n'est plus là où elle devrait être.

Ainsi Jeanine, en 1955, avait fugué de sa ferme natale de Lanrivoaré. À midi et demi, alors que planaient dans l'air les prémices du déjeuner dominical, cela faisait déjà deux heures que personne ne l'avait aperçue. Son père, apprenant qu'on ne la trouvait plus, s'était mis à grogner dans une moustache imaginaire, ainsi qu'à agiter en tous sens son corps osseux, répétant des formules bretonnes qui sonnaient de plus en plus comme des incantations de magie noire aux oreilles de ses enfants, que le collège avait accoutumés à la langue française. Marie son épouse, ma grand-mère donc, au fort nez breton et à la poitrine replète, tentait de le calmer en agitant sa bouche calme et étirée. « Jeanine va revenir », répétait-elle en boucle dans leur dialecte secret. Mais comme, une demi-heure plus tard, Jeanine ne salissait toujours pas la cuisine avec ses bottines, la famille Milin dut employer les grands moyens. On se rendit chez les voisins, les avertir du mauvais comportement de la petite (on préférait juger plutôt qu'inquiéter, la sentence morale rassurait), et leur demander (ce qu'on détestait faire) s'il était possible d'emprunter leur superbe tracteur Massey Ferguson pour éplucher les horizons, avant d'avoir à dépêcher une police qu'en dehors des cas ultimes on ne préférait pas, nous pauvres et illettrés, avoir trop à déranger.

Ils fouillent donc le bourg de Lanrivoaré, scrutant les fermes et épiant les dépendances, ici utilisées comme écuries, là comme granges. Le remembrement du Finistère a déjà commencé à modifier le paysage rural, et les talus, les chemins creux ont pour la plupart disparu : on peut désormais voir les champs au loin, et toute la famille scrute anxieusement l'horizon. Près d'une vache à Tréouergat, ils croient apercevoir Jeanine, qu'ils confondent avec un petit facteur à taille fine. Durant toute la durée de l'investigation, ils pestent et tremblent à leur manière, c'est-à-dire qu'ils cessent de parler si ce n'est aux voisins, pour leur indiquer les bifurcations de parcours.

Ils la repèrent enfin. Sur le bord de la route qui mène à Brélès, la petite Jeanine à la crinière noire qui trotte, confiante, ses bras tendus devant elle, comme aimantés par un point invisible. Et quand sa mère se précipite sur elle pour arrêter sa course par-derrière, quand Marie s'accroupit, son enfant dans les bras, et qu'elle force Jeanine à plonger ses yeux dans les siens pour répondre à la question que tout le monde, vous y compris, a désormais sur les lèvres, alors ma jeune mère baisse les yeux et, honteuse, révèle ses manigances : « Je voulais toucher l'horizon. »

65

« Qu'est-ce qu'une vie réussie ? », ce matin, elle a jeté le post-it du frigidaire à la poubelle, avec d'autres morceaux de papier vieux et décollés, qu'il faudra bientôt remplacer par de nouveaux billets et préoccupations, qui à leur tour disparaîtront, absorbés par le quotidien, qui toujours suit son cours, et elle suivra aussi le sien.

Maintenant elle déambule, hypnotisée par les chorégraphies qu'interprètent les passants dans les rues – ce n'est pas Noël, pas Pâques, il n'y aura aujourd'hui ni feux d'artifice ni vente de muguet, c'est une journée comme les autres, pareille aux boîtes de céréales indifférenciées des rayons des supermarchés, c'est un dimanche neutre, sans pierre blanche ni ombre noire, c'est un jour couleur grise de la dérive. Il y a quelque part cet homme qui allume sa cigarette en esquivant une merde de chien ; cette grosse frisée qui, fixant un immeuble sur sa gauche, n'évite que de justesse cette enfant ondulée qui en fixait un sur sa droite ; il y a aussi ce petit coureur qui trébuche et s'affale sur le trottoir puis, tandis que sa mère, dix mètres derrière, pousse un cri de hyène, exécute des mouvements de brasse sur le béton, apaisé, profitant de sa chute pour apprendre à nager.

Elle s'avance et découvre, à l'entrée du parc de la Morinière, une femme triste découpant une mangue pour un amour en retard qui vérifie entre deux coups de canif le silence de son iPhone. Non loin, une joggeuse au t-shirt transparent a le nombril qui pointe et transpire le sexe fier. Ailleurs encore, deux enfants à trottinettes encouragent leur grand-père à essayer leur engin : son rire est sombre tandis qu'il leur refuse ce plaisir : il risque déjà de mourir de chaleur, alors vous savez… Sait-il que le taux de mortalité des seniors décroît l'été ? Contrairement aux moins de 35 ans, les vieux meurent davantage en janvier – des suites d'une maladie respiratoire ou de chutes verglacées. Jeanine entendait ce matin même à la télé qu'il y a près de cent soixante mille décès quotidiens dans le monde. De cet Italien qui redresse sa braguette, de cette Marocaine sous chignon et de ce joueur de ping-pong sans table, qui décollera le premier pour le paradis ? Figé par l'astre jaune, le jardin du Chêne Gala ressemble déjà à celui d'Éden : au tableau sans défaut d'un monde sans mouvement, et entouré de verdure, chacun se roule dans l'instant présent comme les chiens des villes dans le sable.

Jeanine se promènera ainsi des heures durant, adepte des dérives situationnistes sans en soupçonner l'existence théorique, elle guettera les visages fantômes aux fenêtres sans rideaux et les feux tricolores la mettront en transe à la tombée de la nuit – tous ces hommes rouges et verts qui s'allument, qui s'éteignent en silence. Elle les fixera un moment, puis continuera sa route, et voilà qu'en marchant elle les croisera tous. Il y aura Moussa, il y aura Alvirah, et puis des Italiens, des

Slovaques près d'une piscine, Vincent le Péruvien et puis Bernard le voisin, Nicolas, Michel, Sarah, Adarsh, Kareski et même Hortense, ils seront tous là, à ses côtés, elle pourra les sentir et s'en réjouir, oui ils seront là, tous, et, transparente aux yeux des passants inconnus, Jeanine rayonnera d'une vie intérieure inédite, imprenable, elle brillera dans la pénombre et bien qu'on ne la verra pas, on ne verra pourtant plus qu'elle.

Elle n'aura pas connu la gloire, pas connu la grande Histoire, rien su de l'affirmation d'un Mitterrand, d'un Aznavour, rien su non plus de la poigne de ceux qui se déterminent par le refus, les Rosa Parks, les Bartleby ; elle n'aura connu que des noms sans importance, des attaches qui ne soutiennent pas le monde, elle n'aura tracé qu'une poignée d'anecdotes, des récits perdus dans l'indifférence du destinataire, petites histoires que les grandes regardent avec dédain, affaires de confiture et de rumeurs professorales, elle aura toute sa vie été une femme-oreille, recueillant les humeurs et les mots de chaque jour, elle n'aura été qu'une femme-thermomètre, entendant et mesurant le degré d'âme de son temps. Du monde, elle n'aura connu que le sien, les invisibles siens, mais ce soir-là elle se sentira pleine, remplie de vies et de mémoires, d'histoires, de sentiments, et marchant près de sa grande maison vide, enivrée de tous ces visages croisés, elle pensera à demain et elle l'attendra encore, le chétif lendemain, la suite d'aujourd'hui et celle d'hier, elle l'espère si fort depuis qu'elle savoure la retraite de sa vie discrète, et son attente croît, brille, et comme tous les jours la nuit tombe, et comme tous les jours il y aura un ciel.

PAPIER À BASE DE FIBRES CERTIFIÉES

Le Livre de Poche s'engage pour l'environnement en réduisant l'empreinte carbone de ses livres. Celle de cet exemplaire est de :
400 g éq. CO_2
Rendez-vous sur www.livredepoche-durable.fr

Composition réalisée par Belle Page

Achevé d'imprimer en France par
CPI BUSSIÈRE (18200 Saint-Amand-Montrond)
en août 2023
N° d'impression : 2073343
Dépôt légal 1re publication : avril 2018
Édition 02 - août 2023
LIBRAIRIE GÉNÉRALE FRANÇAISE
21, rue du Montparnasse – 75298 Paris Cedex 06

61/6332/7